JN009253

SHULA
ASHU

退屈嫌いの
封印術師
boredom hating sealer
1
~復活せし
不死王たち~
空松蓮司
Soramatsu Renji
Illustration
伊藤宗一

序章 1ページ目

第一章 封印術師と屍の王

CONTENTS

外伝

序章◆1ページ目

第一話　人生ノート〝起〟

これまでの人生をノートにまとめるなら一ページで終わるだろう。オレの人生は寝て起きたの繰り返しで、特筆すべきことはほとんどない。

起承転結の〝起〟にすらたどり着いていない。

オレの〝人生ノート〟は空白で埋め尽くされている。

ただ、一つだけ書ける事件がある。半年前のことだ。

——半年前、オレは見知らぬ女子を暴漢から守った。

オレはこの時、なんらかの冒険譚でも読んでいて正義感に燃えていたのだろう。路地裏に女子が連れていかれるのを見て後を追い、暴漢を背後から木の棒で殴って気絶させた。

女子は〝ありがとうございます〟と頭を下げ、顔を青くして足早《あしばや》に立ち去った。もうちょい何かあってもいいだろう……と思っていたら、オレの肩を完全装備《フルアーマー》の騎士が摑んだ。

話を聞くと、オレが殴って気絶させたのは領主様の息子だったらしい。オレは領主様の息子を殴った罪で懲役1年を科せられた。半分冤罪《えんざい》のようなものだが、オレの弁護人は誰もおらず、屑《オレ》の弁解なんて意味を成さなかった。正義の味方なんて、権力の下《もと》じゃ無力で無価値だと思い知った。

いや、価値はあったか。

おかげで人生ノートは数行埋まった。含蓄のある、良い話だ。

これから先、オレの人生ノートが一冊書き切れることはないだろう。精々4ページが限度だ。大体40ページで一冊、人間一人分の人生だとすれば、オレの人生の厚みは常人の十分の一ほどか。

悪くない。

こんなもんだ、オレの人生なんて。

そう思っていた。

あの爺さんに出会うまでは……。

◆

――鉄格子から見る空は綺麗に見えた。

外で見る空は美しく見えないのに、牢屋から見上げる空は美しく見えるのだ。影から見る光が眩《まぶ》しく感じるように、窮屈な場所から見るからこそ、自由の象徴である空は映えて見えるのかもしれない。

「あと半年、か……」

本棚、勉強机、トイレ、木椅子が二つ。後は敷布団《しきぶとん》と掛け布団のセットが二つ。

変わらない、いつもの景色。

つまらない正義感で投獄されてから半年が過ぎた。

懲役1年のオレはあと半年で解放される。

ここに来た時こそ三食出てくる環境に感謝したが、毎日同じ景色で生きることは思っていた以上に辛いものだった。

同じ部屋で起きて、
同じことをして、
同じ時間に寝て……別にこの監獄が悪いわけじゃない。囚人を痛めつけたりしないし、労働も運動も適切だ。

ただ変化が欲しい。

退屈な日常を一変《いっぺん》させる変化が。いつもの朝食にプリンをプラスする程度でもいい、些細なことでいいから変化が欲しい。同じ一日を繰り返すのはもう飽きた。外で生きていた時も同じようなことの繰り返しだったが、いつも景色は違っていた。

退屈だ。

飽きた。

ここであと半年……気がおかしくなりそうだ。10年、20年もここに居る連中は発狂したりしないのだろうか。

オレは鉄格子から目を離し、掛け布団に潜りこんだ。

「起きているか？　囚人番号０８９」

オレの監獄内での番号《なまえ》が呼ばれた。聞き慣れた男看守の声だ。

牢屋の布団の上でオレは寝返りをうつ。看守が不機嫌そうに眉をひそめているのを見てオレは慌て立ち上がり頭を下げた。

「お勤めご苦労様です。なにか御用でしょうか？」

「うむ。実はな、今日からこの部屋に新たな囚人を入れることとなった」

新たな囚人、オレからすればやっと来たのかというところだ。

オレの居る牢屋は大人6人が大の字で寝られるぐらいに広い。

なのにこの半年の間、オレ以外の囚人がここに来ることはなかったのだ。他の牢屋の囚人はすべて一室に二人以上住んでいると言うのに。

「こっちだ。早く来い」

看守が手招きし、ヨタヨタと弱々しい足音が牢屋に近づいてくる。

看守の影から現れたのは背の高い白髪の爺さんだった。

多少のガッカリ。

そりゃ絶世の美女が来るとは思っていなかったけど（牢屋は原則男女別だし）、せめて同世代の奴が来れば話し相手ができたのに。

こんな爺さんじゃ〝変化〟にはなりえないな。

「これから世話になるよ。少年」

「……どうも」

囚人番号１１８。全てを諦めたかのような虚《うつ》ろな瞳をしていた。

――この爺さんとの出会いから、オレの人生ノートは何冊も書き満たされていくことになる。

オレの人生に起承転結があるのなら、ここがきっと〝起〟だったのだ。

◆

囚人番号１１８《爺さん》は部屋にある本を片っ端から読み始めた。

勉強机を独占し、ひたすら本を読んではブツブツとなにかを呟《つぶや》いている。オレは関わるまいと布団にくるまるが、数十分過ぎた頃――

「少年、名はなんと言う？」

オレの胴体を跨《また》いで爺さんは聞いてきた。

「……シール」

「シールか。ファミリーネームはなんと言う？」

「オレは物心つく前に親に捨てられているからファミリーネームは知らん。名前は自分で考えた」

爺さんの目に微《かす》かな同情が見えた。

余計なお世話だ。

親に捨てられたことなんてどうでもいい、きっと捨てざるを得ない事情があったのだろう。考えるだけ無駄だ。両親が居ないことも特に何とも思わない。はじめから居ないのだから居なくてどうこうと言う感情は生まれなかった。

家族が羨ましいと思ったこともない。

だから同情するな。その眼は嫌いだ。

「そうか。ならばシールと呼ばせてもらう。私のことは気軽にバル翁《おう》と呼んでくれ」

「あっち行ってろ爺さん。オレは眠いんだ」

「待てシール、一つ聞きたい」

オレは「なんだよ」と不機嫌そうに言う。

爺さんは手元の分厚い本を掲げてオレに聞いてくる。

「新しい本は看守に言えばくれるのか？」

「まったく……爺さんは視野が狭くて嫌になる」

オレは気だるい体を起こし、牢屋の隅にある小さな本棚を指さした。本棚には児童書から何百ページとある専門書まで計20冊が格納されている。

「あの本棚が見えないのか？　あそこにまだまだ本が詰まってるだろ」

「いや、あの本棚にある本は全てもう読んだんだ」

オレは「は？」と口にし、もう一度本棚を見た。

「配置が変わっている……」

本棚にある本はこれまでオレしか触ってこなかった。ゆえに、本棚の配置に変化があればすぐに気付く。一番上の棚にはお気に入りの本を、二番目の棚には専門書を中心に、三番目の棚には児童書を中心に置いていた。なのに、その全ての配置が狂っている。

「あんたが来てからまだ一時間も経ってないだろ。

それだけの時間で、ここにある本全部読んだのか？」

「そう難しいことではない。

コツさえ摑めば1分で一冊読むことなど容易《たやす》いものだ」

嘘をつけ。

絵本とかならまだしも、専門書や冒険譚は何百ページもあるんだぞ。1分で一冊のペースで読めるはずがない。

オレは無造作に本棚の本――〈勇者ソロンと悪魔竜〉という英雄譚を手に取り、その１２２ページ目を開いた。

「〈勇者ソロンと悪魔竜〉第三章、二段落目。

命乞いをする小物悪魔にソロンが吐いたセリフは？」

「〝穢《けが》れなき正義の使者なら悪魔の命乞いにも耳を貸すだろう。しかし、私は正義の使者でもなければ穢れがない善人でもない。人を犯し、殺し、喰った悪魔に貸す耳はない。ただの戦士である私が貴様に与えることができる義理は介錯《かいしゃく》しかない〟

――１２２ページ目、7行目から9行目に渡って書かれたセリフだ」

一字一句間違いなかった。

オレは本を棚に戻し、爺さんに期待を込めた視線をやった。

「もう一度名前を聞いていいか？」

「バルハ……ゼッタだ」

「どんな罪を犯してここに来た？」

「……人体実験」

心臓が一気に冷えた。

だが冷えた心臓はすぐさま腹の底から湧き上がる好奇心と言う熱気で燃え上がる。

――退屈が、溶けていく。

「アンタ……何者だ。外ではどんな職についていた？」

「色々やったが、強《し》いて言えば封印術師《ふういんじゅつし》」

封印術師。聞いたことがない。

「〝聞いたことがない〟って顔だ。そりゃそうさ、封印術師はこの世でただ一人……私をおいて他に居ないからね。マイナーなんだ」

メジャーだろうがマイナーだろうが関係ない。

この爺さんは今までオレが出会った人間の中でも間違いなく異質、見たことの無いオーラを纏《まと》っている。


――良い暇つぶしになるかもな。


オレは思わずニヤけた口元のまま、爺さんに問う。

「封印術師って、なにをするんだ？」

爺さんはオレと目を合わせてきた。爺さんの瞳の色を見て、オレは思わず息を呑んだ。

銀色と青色のオッドアイ。こちらの全てを見透かすような瞳だ。

数秒の静寂。

オレから何を感じ取ったのか、爺さんは絶望しかない瞳に一筋の希望《光》を灯《とも》し、笑った。

「興味があるのかね？」

「アリアリだね」

こうして、オレは爺さん……バルハ＝ゼッタの弟子になった。

釈放まで残り半年、退屈はしなさそうだ。

第二話　七つの魔力

勉強は嫌いじゃ無かった。新しい知識を得ると言うのは楽しいものだ。

それに爺さんから学ぶ〝魔術学〟の内容は面白かった。

爺さんはまず、オレに魔力という力について説明した。

魔力には七つの色がある。

赤、青、緑、黒、白、黄、虹。

この内、赤・青・緑の魔力は全ての人類に流れている。これを《主源三色《しゅげんさんしょく》》と呼ぶ。

そして他の黒・白・黄・虹。この内一つがランダムに一個人に与えられる。これを《副源四色《ふくげんよんしょく》》と呼ぶ。

つまり、《主源》の三色＋《副源》一色で合計四色の魔力が人間には流れているらしい。

魔力は色ごとに特性がある。

【赤魔《せきま》】強化の魔力。

モノを強化する魔力だ。赤の魔力を流せば物の強度を上げたり、自分の身体強化をすることが可能。

【緑魔《りょくま》】形成の魔力。

モノを形成する魔力だ。緑の魔力から炎や水、もしくは鉄や鋼のような物質・物体を作ることができる。

【青魔《せいま》】操作の魔力。

　魔力を動かす魔力と言ったところか。赤の魔力を強化したい箇所に誘導したり、緑の魔力で作成した物質を噴出させたり停滞させたりするのがこの魔力だ。

　青の魔力を器用に動かせれば動かせるほど魔術の幅は広がる。

　ある意味、最も大切な魔力かもしれない。この魔力が尽きればどんな魔力も操作することが不可能になる。

《主源三色》のなにを伸ばすかによって魔術師の役割も変わる。

　赤を伸ばせば身体能力でゴリ押しする戦士タイプ、緑を伸ばせば後方で魔術を飛ばしまくる魔術師タイプ、赤と緑の両方を極めればどちらもこなせる万能型になる。ただ基本的には赤と緑の両方を高めるのは効率の無駄と言われており、どっちか一つを選んで学習し、平行して青の魔力の使い方も学ぶ……というのがポピュラーな理論らしい。

　ただここまでだと魔術師それぞれに個性が無い。

　魔術師の個性、それを決めるのが《副源四色》だ。

【黒魔《こくま》】破壊の魔力。

　その名の通り触れた物質を破壊する魔力だ。魔術に纏《まと》えば破壊力を強化でき、剣に纏えば切れ味を増加させる。赤の魔力に似ているが赤の魔力と違って肉体強化や物体強化はできない。

　肉体に活性化させた黒の魔力を循環させると体が崩壊するためである。これは武具も同様で、オーラのように纏えば問題ないが剣そのものに流したりすると剣が壊れる。扱いが難しい魔力である。

【白魔《はくま》】再生の魔力。

肉体や物の修繕に使うことができる。傷口に白の魔力を灯せば傷は癒《い》え、壊れた物に灯せば物を直すことができる。治癒術は白の魔力でしか行《おこな》えない。

【黄魔《おうま》】支配の魔力。

対象の脳や魂、器《うつわ》を支配する魔力。精霊の使役や他者の洗脳に使われる。ある意味最も性質《タチ》の悪い魔力であり、持っていると嫌われるらしい。召喚術師、死霊術師はこの魔力を使えなければなれない。

【虹魔《こうま》】自由の魔力。

他の六色で分類できない魔力が総じて虹色をしている。所謂《いわゆる》〝その他〟だ。決まった性質を持たず、変幻自在の用途を誇る。未だ研究が進んでいない謎の魔力であり、最も個体数も少ない希少な魔力。

基本的に黒と白の人数が多く理論も確立されていて扱いやすいらしい。黒の魔力を扱う魔術師を《黒魔術師》、白の魔力を操る魔術師を《白魔術師》と呼んでいるそうだ。

黄と虹の二色は特に呼称はなし。個体数が少ないゆえんだろう。まぁ《黄魔術師》とか《虹魔術師》ってなんか語感悪いしなぁ。

「オレの《副源四色》は何色なんだろうな……」

ポツリと呟《つぶや》く。

「黄色だ」

渋い声が即答する。

爺さんはしわくちゃな肌に反して瑞々《みずみず》しい白銀の瞳でジッとオレを見ていた。

「わかるのか？」

「少々特殊な眼を持っている」

青の右眼と銀の左眼、どっちが〝特殊な眼〟なんだろうか。どっちもか？

「黄色は《支配の魔力》だったかな？」

「封印術師は《支配の魔力》を持っていなければ扱えん。君は運が良い」

支配……封印ってのは相手を壺とか札に封じ込めるイメージだ。

見方によっちゃ支配とも呼べるのか。相手の体を支配し、束縛し、閉じ込めるわけだからな。

「そんじゃ資格があるのも確認したし、早速封印術を教えてくれよ」

「その前に《主源三色》だ。

《主源三色》で魔力の輪郭を摑み、《副源》の修行に入る。これが魔術師の基本パターン……」

ってことでオレは強化の魔力、赤魔《せきま》の操作について学ぶことになった。

同時に操作の魔力青魔《せいま》も扱っていく。

赤魔は強化の魔力、核は心臓。心臓に赤い魔力を生み出すエネルギー源が存在するとのことだ。

心臓からパワーを血管を通して四肢に移していくイメージ。

青魔は操作の魔力、核は脳。

脳からパワーを（以下略）。

脳から流した青の魔力を、心臓から流した赤の魔力と接続し、混ぜ混ぜして全身に移していく。

イメージは掴めた。余裕余裕――

「無理です」

オレは言われた通りに実践し、早々に諦めた。

いやだって、魔力なんて今まで扱ったことないし、パワーの移し方なんてまーったくわからん。

「どうしてできないのか、教えてくだせぇ師匠」

「センスが……無いから、だな」

「アンタ、本当にオレに教える気あるのか」

説明が下手な爺さんだ。

多分、コイツ今まで弟子とか取ったことないんだろうな。

世界で唯一の封印術師って言ってたし。

「てか本当にあるのかよ、赤の魔力とか。爺さんの与《よ》太話《たばなし》じゃないだろうな？」

爺さんは無言で立ち上がり、その細い腕を振り上げた。

「ふんっ！」

爺さんが石の地面に拳《こぶし》を打ち付けるとマー大変、地面にヒビが入りましたとさ。

こんなよぼよぼの爺さんが監獄の労働について行けるか心配だったが、問題は無さそうだ。

「私は8歳の時に岩石を砕いた。君と同じ歳の頃には拳で海を割ったものだ」

「はい！　確実に誇張した！　ジジババはすーぐそうやって自分の武勇伝をねつ造する」

爺さんはキョトン、とした顔でオレを見ていた。なにを仰っているかわかりません、って顔だ。

え？　冗談だろ？　本当に海を割ったの？　嘘だよね？

「やれば、できる」

馬鹿みたいな言葉を吐き、お師匠様は腕を組んだ。

はいはい、やればいいんだろやれば。

◆

昼時のこと。

「うっ!?」

オレは頬に特大ナックルをくらい、食堂の床に肩を擦りつけていた。

「わりぃなシール！

デザートのプリンは俺が頂く！」

あー、まったく、ついてない。

今日は監獄長の計らいだか何だか知らないが、ここに来てからはじめてのデザート付きの献立だったのに、巨体ブタ野郎にプリンを奪われた。

飯を受け取る列でまさかコイツが後ろに来るとは。最悪だ。

オレは立ち上がり、プリンという華を失ったトレイを持ち、白髪の爺さんが座っている卓につく。

椅子を引き、腰を掛け、オレは爺さんのトレイに乗ったプリンに視線を送る。

「なぁ爺さん。プリン、貰っていいか？

老人の口には合わないだろ」

オレがプリンに手を伸ばすと、爺さんの右手がプリンを覆った。

「私の好物はプリンとサラミだ」

嘘だろ、オレと全く一緒だ。

「さっきの大柄の男は囚人の長《おさ》か？」

「そうだよ。通称ブタマル」

「随分と暴れているようだな」

「囚人をサンドバッグにしたり、さっきみたいに飯を奪ったりな」

「強いか」

「……見りゃわかるだろ」

爺さんは「ふむ」と一息つき、スプーンを皿に置いた。

「成果を見るにはちょうどいい。

赤魔を使い、奴を倒せ」

爺さんはそう言ってプリンをオレのトレイの上に置いた。

「無茶を言う爺さんだな……」

◆

「テメエ、シール！　今なんつった!?」

「だから、囚人の親玉の座を賭けて、オレと勝負しろって言ったんだ」

この監獄では囚人は大浴場で同時に風呂に入る。

オレは今、タオル一つを装備してブタマルと向き合っていた。身長2m、体重150キロを超える奴はオレを睨《にら》み、仁王立《におうだ》ちする。

「オレが勝ったら、オレの部屋が任された労働はお前らに肩代わりしてもらう」

「ふんっ！　嫌だね。この勝負にオレが乗る理由はない！」

「お前が勝ったら、奴隷でも小間使いでもなんでもなってやる」

「のったっ!!」

勝負のルールを決める前にブタマルは地面を蹴った。

油じみた巨体が迫る。振り上げられる岩石のような拳。

これを受けたら以前のオレなら一発ノックアウトだっただろう。

ゴンッ!!　と骨が砕ける音が鳴る。

オレの額とブタマルの拳が激突した。

「うぎゃぁ!?」

ブタマルは右拳を左手で押さえ、風呂場の石床を転げ回った。

「よし、上手くコントロールできてるな」

赤い魔力を一か所――頭に集中させ、ブタマルの拳を迎え撃った。

オレの頭にダメージは無いが、首から下にほんの少し衝撃が伝わった。一か所に魔力を集中させるのはいいが、他の部位もある程度の魔力で覆わないと衝撃が伝わってしまうか。

「次は……」

床に膝をつき、ギッと睨むブタマル。

ブタマルは怒号を上げ、猪《いのしし》の如く突進してきた。

オレは足元の木の風呂桶を蹴り上げ、右手でキャッチし、赤魔を風呂桶に流す。

――物体の強化。

オレは風呂桶をブタマルに投げる。

木の桶なら軽く払われて終わりだ。当たっても大したダメージにならない。だが鋼鉄の硬度を持つ桶ならどうだ？

「ぐげぇ!?」

こうなる。

ブタマルは桶を顔面で受けようとして、鼻を砕かれた。そのまま消沈。

どうやら勝負はオレの勝ちのようだ。

オレは騒ぐ囚人たちの間を縫い、一人湯船からお湯を掬《すく》って体を流す老人に近づく。

「背中流してやろうか？」

「――伏せろシール」

オレは背中から威圧を感じ、爺さんの言う通り頭を下げる。

爺さんは右手の手のひらに溜めたお湯を、オレの頭上を越えるように飛ばした。

「うがっ!?」

背後を見ると、拳を握っていたブタマルがばら撒《ま》かれた水滴に吹き飛ばされていた。

「水を、赤魔で強化したのか……!?」

「まだまだ未熟だな」

「はいはい、反省しますよーっと」

信じられねぇ。自分の肉体やその辺の桶ですら、赤魔で強化するのにすげー気を使う。それを形を持たない水にやるとか……やっぱすげぇな、この爺さんは。

「赤魔を操れるようになったみたいだな」

「ああ。アンタに比べたらまだまだ未熟みたいだけどな」

訓練開始からちょうど一週間。ようやく魔力の輪郭を摑めてきた。

「ならば、明日から本格的に封印術の修行に入るぞ」

オレと爺さんは湯船に入り、横に並んで座った。

「なぁ爺さん。爺さんは誰に罪をなすりつけられたんだ？」

「なすりつけられた？　なぜそう思う？」

「だって、アンタは罪を犯すような人間じゃねぇだろ。オレは生まれた時からこの街の裏側に住んでたからな。屑の臭いはわかるんだよ」

爺さんは思いつめたような顔をする。

「その鼻は信用できないな。なぜなら私は、屑なのだから」

「屑だと自覚できてるならモノホンの屑ではないな」

温い湯が全身の肌を駆け巡る。

お湯は熱い方が好みだ。この監獄の湯は甘すぎる。

「温《ぬる》いな……」

「同感だ」

爺さんのボヤキにオレは頷《うなず》く。

爺さんが来てから一週間が経ち、オレは赤の魔力と青の魔力を扱えるようになった。この一週間と言う期間が短いのか長いのかはよくわからない。

第三話　封印術

無事、強化の赤魔を使えるようになったオレは封印術を教えてもらえることになった。

ちなみに形成の緑魔はこの環境じゃ修行しにくいからやらないってさ。

どっちかって言うと強化の魔力より形成の魔力に興味があったから、凄く残念だった。だって、魔術と言えば誰でもファイアーボールを思い浮かべるはずだ。誰だって炎の球に憧れるはずだ。

男の子ってそういう生き物だもの。

釈放されたら絶対に習うぞ、ファイアーボール！　だからそれまで待っていてくれ……。

ってなわけで、休日に丸々オレは爺さんに封印術を叩きこまれた。

まずは知識として、封印術とは、封印術師とはなにかを教えられた。

――封印術師

それは封印術を操る者。対象を札や箱と言った魔力の孕まない物体に閉じ込め、現世から隔離する技を使う。

爺さんが言うには封印できるのは魔力を孕んだモノに限るらしい。

例えばその辺にある石ころや魔力を孕んでいない豚や牛は対象外。

封印に必要な条件は大きく三つ、
・相手の名前を知っていること
・相手の魔力量が自分の魔力量を下回っていること
・相手に〝字印《じいん》〟という印をつけること
対象が生物でなければ一つ目の条件は省略できるそうだ。つまり、剣や槍を封印するのに名前はいらない。

一つ目と三つ目の条件には抜け道が多く存在するが、基本的に二つ目の条件——対象の魔力量が自分以下、というのは外せないと言う。

「ちなみにこの牢内で封印できる対象は私か君しか居ない」

まぁ魔力を孕んだモノなんて置いてないからな。

「あれ？　じゃあ学んでも今すぐ実践はできないのか」

「自分自身を封印する、という手はあるがね。

ただ色々と無駄が多くなる。それに高等技術だから会得まで時間がかかる」

いやいや、自分を封印するとか怖くてできねぇよ。

「心配するな。私が監獄に預けた私物《しぶつ》の中に魔《ま》成物《せいぶつ》はある。いずれ看守に金を握らせて持ってこさせよう」

堂々とした賄賂宣言。

ここの看守の特徴、それは金に弱いことだ。恐らく爺さんの作戦は上手くいくだろう。

「爺さん、さっき生物の封印には名前が必要と言ってたが、魔物とか言葉の通じない相手はどうする？

名前の知りようがないだろう」

「魔物は基本的に封印できぬモノと考えてよい。

前提として、言葉を話せぬ魔物は取るに足りんから封印するまでもない」

「その言い方だと言葉を話せる魔物が居るように聞こえるが？」

「魔物は人を喰う度に知能を得ていく。

人を１００人と飲めば魔物は人の言葉を覚え、人並みの思考を持つことができる。そういった魔物を私は〈人魔《ジンマ》〉と呼んでいる。逆に魔物を喰って力を得た人間を〈魔人《まじん》〉と呼ぶ。

人が魔物を食べる時、魔物が人を食べる時、なぜかは知らないが捕食者側の魔力は著しく上昇する。ゆえに、魔力を求めて魔物を食べる人間も、魔力を求めて人間を食べる魔物も後を絶たない」

「魔物を食うのはダメ。ってのは万国共通の話だけど、その辺の話が関係してるのか？」

「人間が魔物を喰らえば魔力を得るが、その代わりに善の心を魔に喰われる。目的のためには手段を選ばない怪物となるのだ……」

そう語る爺さんの顔はいつもより暗かった。

「魔物と言えど内包する瘴気《しょうき》さえ払えば食べられるがな。

私も一度、友人に魔物を調理してもらい食べたことがあるが、絶品だったぞ」

爺さんは楽しそうに笑う。

魔物か……絶品って言うなら一度食べてみたいな。もちろん瘴気を取り除いて。

「魔人と人魔、どちらも邪悪且《か》つ凶悪な存在だが、魔物と違って己の名を自覚しているから封印することは可能だ」

魔人に人魔か。

爺さんの渋い顔を見るに相当面倒な相手みたいだ。

「もう一つ質問、〝字印〟ってのはなにか決まった形があるのか？」

「封印方法によって決まった形がある。それは後でまとめて教えよう」

爺さんはひとしきり説明を終えたところで息を切らし、牢屋にある椅子に腰を掛けた。

「封印術って、結構面倒な手間が多いんだな」

「だが条件さえ揃えば誰にでも勝てる魔術だ。

トリッキーな立ち回りが要求されるが、策を弄するのは嫌いではないだろう？」

「お、この短期間でオレの性格を把握したみたいだな」

「覚えることは多いぞ」

「――良い暇つぶしになりそうだ」

（1）黄魔《おうま》を込めた拳で対象を殴ります。対象の総魔力量が自分以下だったら相手に字印が付きます。

（2）予《あらかじ》め用意しておいた魔法陣の描かれた物体を取り出します。この物体は魔力を孕んでいなければなんでもOKです。相手が生物なら、魔法陣の外枠に対象の名前を書き込んでおきます。

（3）封印の呪文を唱えます。対象が魔法陣の描かれた物体に吸い込まれます。魔法陣が紅く染まったら成功です。

（4）封印を解除する時は専用の呪文を唱えてください。声の届かない封印物は解封することはできません。

以上、基本封印術の手順でした。

◆

オレは八時間ぶっ通しの授業を終え、石床《いしどこ》に顔を埋《うず》めていた。

魔法陣の描き方、呪文の種類、黄魔の扱い方。それを口下手な爺さんから正確に引き出すまでかなりの時間を要した。

頭が痛い。

けど、オレ以上に爺さんが衰弱していた。

「大丈夫かよ、爺さん」

「あぁ、大丈夫だ」

いいや、嘘です。

大丈夫な人間が前かがみで椅子に座らねぇだろうよ。

ぐったりとする爺さん。

オレは冗談半分に「肩でも叩いてやろうか」と提案する。すると爺さんはニッコリと笑って、

「頼めるか」

しまった。冗談のつもりだったが、こう屈託のない笑顔を向けられると〝冗談です〟とは言いづ

らい。

　オレは頭をポリポリと掻《か》き、立ち上がって爺さんの背後に回る。そして拳を作り、トントンとリズミカルに爺さんの肩を叩いた。

「……シール、もう少し力を弱めてくれないか」

「ん？　こうか？」

「それでは弱すぎる」

「じゃ、こんぐらいか？」

「いたいっ！　痛いぞシール!!　力加減が１か１００しか無いのか！」

「ちっ、仕方ねぇだろ！　肩なんて叩いたことないんだから！」

　オレは絶妙な力加減を探りながら爺さんの肩を叩く。

　オレは爺さんの肩を叩きながら、その肩の脆《もろ》さを直《じか》に感じた。

　今にでも凹《へこ》んでしまいそうな弱い肩、歳のことを考えても尚《なお》脆く感じる。

　オレはなんとなく、これまで聞けなかった疑問を爺さんに投げかける。

「爺さん、爺さんはどうしてオレに封印術を教えるんだ？」

「む？」

「だって世界で唯一の封印術師なんだろ？　それってつまり、今まで弟子を取らなかったってことじゃないか」

「そうさな……人間が死に際に子孫を残したくなる習性に似ているのかもしれない。

私の命はそう永くない。ゆえに最後に己の技術を残したかった」

永くない、か。

その言葉に嘘はない。オレの拳に残る感触がそう言っている。

オレは手を止めて、爺さんの椅子に持たれかかりながら床に座る。

「シール、君はなぜ封印術を学ぼうと思ったのだ？」

「暇つぶしだよ」

「何か目的があるわけではないのか？」

「全然。目的も夢もオレにはない。だからオレにはこの先なんにも予定がないのさ。

一生暇。

だからオレはな、これから先、一生暇つぶししていくんだ。この封印術とやらは釈放された後で良い暇つぶしになりそうだ。だから学んでいる」

「暇つぶしか。私が君に封印術を教えるのも同じかもしれないな……ただの暇つぶし、いや、悪あがきとでも言うのか」

どこか強張《こわば》った笑顔で爺さんは笑った。

「爺さん、アンタはなんで封印術師になった？」

「……多くの巨悪を封じるために、
大切な誰かを守るために、
助けを求める人間を……助けるために。

今でこそそう思うが、きっかけは君と同じだよ……」

オレはこの爺さんが背負っているモノも、何を背負おうとしているのかも知らない。

封印術を学んだからって何か大義を果たそうとも思わない。この封印術という力を何かに役立てる気はない。爺さんが背負っているモノを肩代わりしようとも思わない。

それでもまぁ、この暇つぶしの礼に爺さんに何かは返したい。そう思った。

第四話　温かい手の平

爺さんが来てから三か月が経過した。

オレはまだ寝息が木霊《こだま》する監獄内で一人、目を覚ましていた。

手元にある紅い宝石が埋め込まれた指輪を机に乗せ、魔力を乗せた拳で殴る。

「――〝烙印《マーク》〟」

黄色の魔力が指輪に注入され、指輪に〝字印〟が浮き上がる。

「〝封印《クローズ》〟」

オレが唱えると、指輪はすぐ側にある長方形の札に吸い込まれていった。

オレは指輪が消失し、札が赤く染まったのを確認し、小さなガッツポーズを作る。

「封印、完了！」

〝烙印〟→〝開名〟→〝封印〟。

これが封印術の基本。

魔力を込めた拳で殴ることで〝烙印〟し、対象の名前と適切な魔法陣の描かれた器（札、壺、魔力を孕まない物体）を目に届く範囲に置いて、〝封印〟の呪文を唱える。すると器に封印対象が流れ込む。

器を壊すか、オレが念じれば封印は解かれる。これを〝解封〟と呼ぶ。

生物以外なら〝開名〟の手間は無い。今回は〝烙印〟から〝封印〟をしただけだ。

いやしかし、

まさかできるとは……！

知識として蓄えていたが、実際にできるかどうかはわからなかった。

案外簡単に上手くいった。素直に嬉しい。あれ？　もしかしてオレって天才？

「〝解封《オープン》〟」

封印術が解かれ、札の中から赤い宝石が埋め込まれた指輪が飛び出る。

解封も無事成功。

ちなみにこの指輪の名は《死神の宝珠《オシリスオーブ》》。爺さんが看守に持ってこさせた魔力を孕んだ魔成物だ。

「この指輪……爺さんには絶対に指に嵌めるなって言われたけど、そう言われると嵌めたくなるよな……」

指に指輪を嵌めようとして、留まる。

流石にやめとくか。だって死神の指輪だもんな……指輪嵌めた瞬間に呪いでもかけられそうで怖い。この指輪については後で暇なときに爺さんに聞くか。

「ふむ」

背後から突然声がした。

振り返ると見慣れた白老《はくろう》が立っていた。

「見てたのかよ……」

「まぁ、な」

さすがおじいちゃん、朝が早い。

「どうだよ、できたぜ封印術。

ま、アンタはどうせまた〝遅い〟って喚《わめ》くんだろうが……」

「私が封印術の会得にかけた時間は約十年だ」

オレが「え？」と口にするのと同時に、頭の上に骨と皮しかない手が乗せられた。

骨と皮しかないが、温かい手の平。オレは生まれてはじめて、撫《な》でられた。

「よくやったな、シール……君は天才だ」

目尻にシワを作ってくしゃっと爺さんは笑った。

なんだろう、この感覚は。気を抜くと泣いてしまいそうになる。

純粋に、めちゃくちゃ嬉しい。

「ちっ、ガキ扱いすんな」

オレは胸の内とは裏腹に爺さんの手を払って睨《にら》みつける。

「ふふっ、すまない。ちょうど君と同じ年ぐらいの孫娘を思い出してね……」

「孫娘？　可愛いのか？」

「ああ」

「紹介してくれ」

「……ぶち殺すぞ」

本気の殺気だ。孫娘への愛情ゆえにだろう。

まぁ別に紹介してくれなくてもいいけども。おじいちゃんの孫可愛いというのは信用ならん。

「これで教えることは無くなったな。

明日からは己一人で修行してくれ」

え？

あの、バル翁さん。まだ封印方法一つしか教えられて無いんすけど。

「多くを教えると発想が腐る。後は己で、活用方法を見つけてゆけ」

爺さんは部屋の隅にある木椅子を持ってきて、オレが座っている椅子の正面に置いた。

「もうなにも教えないんじゃないのか？」

「いや、教えないのは封印術のみ。

今日は少し、趣向を変えよう。なーに、なんてことない話だ」

爺さんは笑みを浮かべ、瞼《まぶた》を閉じた。

爺さんの口からこぼれた話は、封印術の話でも魔術の話でも無かった。ただの冒険譚だ。

白い海、虹色の霧、空に浮かぶ要塞。

英雄譚に出てくる竜や聖剣の話。大海、砂漠、火山、樹海。大自然の美しさ。

爺さんは語る。オレはその冒険譚が爺さん自身の冒険譚だとすぐにわかった。

爺さんが語る話には浪漫が溢《あふ》れていた。

この世の美しさを爺さんは楽しそうに語っていた。

時に笑って、時に泣きそうな顔で。

爺さんは冒険の闇の部分は一切語らなかった。

美しい世界の話を終始してくれた。

オレの鼓動は鳴りっぱなしだったと思う。

オレはこの街から外に出たことがない。

ゆえに外の世界に恐怖していた。なにがあるかわからない、わからないってのは怖い。

爺さんはそんなオレの弱い心を見抜いていたのかもしれない。

だからこそ爺さんは語った。外の世界を冒険する楽しさを……。


「爺さん。オレ、ここを出たら外の世界を旅するよ」


オレの中ではじめて夢が生まれた。

「ああ、それがいい」

爺さんも一緒に――と言いかけたが、口を閉じた。

爺さんは成し遂げた顔をしていた。満足した顔をしていた。

少年のように冒険譚を語り、終わったら老人のように悟った。

少年に戻っていた爺さんの顔が心底嬉しそうだった。だからオレも、笑って語れる思い出が欲しくなってしまった。

爺さんの物語はあと少しで終わるだろう。

そして、きっと……そこからシールという男の物語が始まるのだ。

第五話　四人の来訪者

釈放まで残り二か月。今日は週末である。

雨の降る午前、オレはホウキを使って日課の素振りをしていた。

その後は腕立て伏せをして、学習書を読む。

学習書を読み終えたら看守や隣の部屋の囚人と他愛のない会話をする。午後は丸々魔力を使った訓練を行う。


　これらは全て魔力量を増やす特訓だ。

魔力量の強化方法は色によって変わる。

赤は体を動かすこと。（通称：筋トレ）
緑は考えること。頭を使えってことだ。（通称：脳トレ）
青は魔力を使うこと。（通称：魔トレ）
黄色は人とコミュニケーションを取ることで増えるらしい。実感は薄いけど。（通称：話トレ）
魔力量は潜在的に決まっている部分もあるが、このように後天的にも伸ばせる。魔力を増やす術《すべ》は多く存在するけど、爺さんが言うには今挙げた方法が常識的なトレーニングだそうだ。

だからまぁ、健全に過ごしていれば自《おの》ずと魔力量は増えていく（青以外）。

注意点として、青（操作の魔力）を放置して他の魔力量を増やすことはできない。

例えば、青の魔力が10あったとして、赤や緑の魔力が20、30となると己の内の魔力を制御できなくなってしまう。こういった場合、人間の体は防衛措置として青以外の魔力の増量を制限してしまうのだ。

魔力を使ったことの無い人間は青の魔力が増えない。

ゆえに、非魔術師は他の魔力もある程度のところで制限されている。

「……。」

トレーニングに励むオレ。を無視して爺さんは本を読みながら考え事をしていた。

原因は恐らく、昨日一気になだれ込んできた客のせいだろう。

爺さんを訪ねてきた四人の客。

それぞれが好き放題言って去っていった。

◆

一人目の客は早朝に現れた。

「久しぶりですね。バル翁《おう》……」

「ニーアム……！」

目が眩《くら》むような明るい金髪を一つ結びにした女性、歳はオレよりちょっと上ぐらいか。

美人、と言うのだろうか。オレが人生で会った女性の中では断トツ1位の美人だろう。くすんだ青色の瞳とキリッときつい目つきのみが減点対象だ。肌は白く、毛穴一つ見えない。

へそ出しの鎧《よろい》と竜の模様が描かれたマントを着ており、エロさの隙間に威圧感がある。背には背丈ほどの大剣……多分、魔力を使わなきゃオレじゃ持てないな、大剣《あれ》。

看守が深々と頭を下げていたのを見るに騎士団関係者だろう。

「聞いて驚きました。まさかこんな田舎に居るとは……」

「なんの用だ。生憎《あいにく》、私はそこまで暇ではない」

爺さんは終始不機嫌だった。まぁ、この後の女の対応を見れば何となく気持ちはわかる。

「そうですか……暇を持て余しているように見えますが、まあいいでしょう。では、単刀直入に言います。私に封印術を教えてください」

ニーアムと言う女性の発言を受けて、オレは少し焦った。

一種の独占欲のようなものなのか、オレはこの爺さんの唯一の教え子という立場を大切に思っているらしい。

驚いた。

自分はもっと無頓着な人間だと思っていたから。

「断る」

一刀両断。

爺さんは迷いなく首を振った。

だが女性の方はこの爺さんの返答は予測済みだったようで、すぐさま切り返しの言葉を言い放つ。

「私に封印術を教えてくれればアナタの罪はもみ消しましょう。

すぐにここから解放し、然《しか》るべき受講料も払います。アナタの懲役は永遠《死ぬまで》。このままでは薄汚い牢屋で死ぬことになりますよ」

無期懲役の罪帳消し&金。

こんな好条件、二つ返事で受けるのが普通だが――

「断る。君には、資格が無い」

そこでようやく女性の鉄仮面にヒビが入った。

鉄格子を掴み、握りつぶす勢いで力を入れていく。

いやホントに、ミシミシと鋼鉄が軋《きし》む音がしていたから焦った。

「なぜだ！　なぜ秘匿する!?

それほどの力を、なぜ独り占めにする！

貴様は、人類を救う気がないのか！」

「封印術は扱いを間違えれば悪魔の術となる。

私の師と弟《おとうと》弟子《でし》は封印術に呪われ、その身を闇に落とした。もうあんな悲劇は繰り返さない
……私が封印術を引き継ぐのは、私が信頼に足りえると判断した者のみ！

君のように力に囚われた者には絶対に渡しはしない！」

「……。」

信頼に足りえる者にしか継承しない。

嘘つくなと言いたかった。爺さん、オレと会ってすぐに封印術を教えただろうが。

「バル翁、アナタには孫娘が居ますね。確か今年で16歳になる」

「――!」

爺さんの表情が曇った。

16歳。たぶん、同い年ぐらいだ。

オレの歳は16か17か18。物心ついた時にオレの歳を教えてくれる人が居なかったから曖昧だけど、多分その辺りだ。

いずれ会ってみたいものだ。爺さんの孫には純粋に興味がある。

次に騎士様は騎士らしからぬ言葉をその口から並べていく。

「お孫さんは魔術学院での地位を失墜したらしいですよ。

あともう少しで首席というところまで来ていたのに……なぜだかわかりますよね？　アナタが罪を犯したからですよ」

「……それは」

「お孫さんだけじゃありません。

アナタの妻も、子も、白い目で見られている。アナタのせいです、全て……家族を救うためにも、私に封印術を――」

爺さんの顔が暗く落ちた時、オレは部外者を辞めた。

「いい加減、うるさいんですけど」

オレは目線は本に向けたまま、文字通り横から口を挟んだ。

冷ややかな視線が女性から向けられているのが見なくてもわかった。

〝誰だテメェは〟って感じの顔をしていたのだろう。

「なにか言いましたかドブネズミ。

今、私は高次元の話をしています。邪魔をしないでいただけますか？」

もはや上から目線を隠そうともしない。

「おいおい今の程度の低い脅迫のどこが高次元なんだ？

オレには悪徳詐欺師がいたいけな爺さんを虐《いじ》めているようにしか見えなかったし聞こえなかったけどなぁ」

「詐欺師……だと？　私が？？？」

彼女は動揺していた。非常に軽く挑発したつもりだったが、彼女の逆鱗《げきりん》にはクリーンヒットしたらしい。

顔を赤くして怒る様は子供っぽかった。いや、子供なんだ。

敬語を使って取り繕おうとしているが、感情を隠すことを知らない子供。爺さんがどうして封印術を教えないかわかった気がした。

「私と君では住む世界が違う。言葉を選べ」

オレは本を閉じ、立ち上がって女の正面まで歩いた。

気だるい足運びで、ポケットに手を突っ込みながら。

オレは女と目を合わせ、少し上から見下ろす。

「その通り。アンタとオレはこの鉄格子によって隔離されている、別の世界の住民だ。

だからアンタの剣はオレには届かない」

オレは顎を上げ、挑発する。

「どうする？　背中の剣で鉄格子を破って、オレの首を撥《は》ねるか？」

「貴様ッ!!」

「無抵抗な囚人を殺せば晴れてオレと同じならず者の世界に住むことになるがな。

どうすんだよ、騎士様……」

騎士様は背中に手を回そうとして、ギリギリで踏みとどまり回れ右した。

最後に「後悔するぞ」とオレの背後の爺さんに吐き捨て、看守と共に去っていった。

こうして一人目の客は帰った。


二人目の客は〝パール〟と名乗る中年の騎士だった。ニーアムとか言う女性と同じような鎧を着ていた。こっちは厚めの重装備、オッサンのへそ出しなんかノーセンキューだから良かった。

一人目に続いて騎士、マントのマークを見るに多分同じ騎士団の所属だ。

また爺さんは嫌な顔するだろうな、と思っていたがこっちの男性とはむしろ親し気だった。

「助かったよパール。君のおかげで、のどかな牢屋に移れた。

あの五月蠅《うるさ》い小娘も頻繁には来られまい」

五月蠅い小娘と言うのは一人目の女性のことだろう。

爺さんが頭を下げると、おっさんは唐突に涙ぐんだ。

「も、申し訳ありません……バル翁。

私に、もう少し権力があれば――こんな面会室も無いようなおんぼろ監獄に貴方様を……」

「気にするな。おかげで良い拾い物もした」

言葉の裏に色々な感情があった気がする。

パールは爺さんのことを慕っているようだった。

「ところでパールよ、紹介しよう。私の弟子のシールだ」

突然名前を呼ばれ、オレはあたふたとする。

だがオレ以上に驚いていた男が居た。パールである。

「ば、ば、ばばばば――バル翁が、弟子!?」

「……えっと、よろしく」

オレはとりあえず挨拶を口にする。

「内密で頼むぞ」

「わ、わかりましたがしかし……貴方が弟子など。幾千の志願を弾《はじ》いてきた貴方が……」

「死を前にして気が変わったのさ」

パールはオレを、期待を込めた眼差しで見てきた。

「羨ましい限りだ。

励めよ、少年」

その言葉はどこか重かった。

二人目の客は爺さんに散々謝ったあと、昼過ぎには帰った。

三人目の客は特にオレと絡むことは無かった。

黒いローブに身を包んだ赤眼の女性だ。ナイスバディ、肌は全く見せてないのにボディラインだけで男を欲情させる。まさに魔女って感じのお姉さんだ。

お姉さんは爺さんと小さな声で会話し、涙を一粒こぼして立ち去った。

爺さんも、どこか悲しそうな顔をしていた。


そして四人目、最後の客。

暗めの赤髪で、フード付きの砂色のコート。中には白の長袖服。背には膨れ上がったリュックサック。

ＴＨＥ・旅人という恰好をした男性だ。オレよりは年上だと思うが若い。20歳ぐらいだろうか。

この男は爺さんを見つけると、地べたに座る爺さんと視線の高さを合わせ、開口一番とんでもないことを言い出した。

「さて、どうする。脱獄するか？　ここに居る看守全員オレがのしてやるよ」

その発言を聞いた看守は眉間にシワを寄せ、男の肩を掴もうとするが――男がカッと目を見開くとすぐさま後ずさった。

気のせいだろうか。

フードの隙間から竜のような鱗《うろこ》と黄色く鋭い瞳が見えた気がした。

次に男を見た時には普通の青年の顔だった。

「アドルフォス。冗談はよせ」

「冗談じゃない。俺なら、アンタを追う人間全員返り討ちにできる。騎士団だって相手にしてやるさ」

「アドル……」

「もう一度言う。冗談じゃない。

アンタにはまだ返しきれない恩があるんだ……恩を返すためならその程度の咎《とが》、引き受けるのに何の躊躇《ちゅうちょ》もない」

　オレは思わず本を読む手を止めた。

　発言の一つ一つが物騒《ぶっそう》だ。冗談……って感じじゃない。アドルフォスと言う男は本気で言ってるし、爺さんも本気で止めている。それはつまり、少なくともこの二人はアドルフォスという男が騎士団全てを倒せると思っていると言うことだ。

「私は役目を果たせない」

　爺さんが言う。

「ならその役目、誰が引き継ぐ？」

　呆れたような声で、彼はそう言った。

　爺さんは首を横に振った。

「誰も引き継ぐ必要はない」

「……そうかよ」

　アドルフォスと言う男は深く頭を下げて、牢から離れていった。

　四人の来客。

女騎士ニーアム、おっさん騎士パール、謎の魔女、旅人アドルフォス。
なんとなくだが、オレはこの四人とまたどこかで会う気がした。

第六話　もうじき

「あとひと月か……」

釈放まで、残り一か月になった。

魔術も、封印術も順調。

赤と青の魔力の扱いは中々のレベルまで来たと思う。比べる相手が居ないからどうも評価しづらいけど。

新しい封印術は編み出せなかったが、最初に習った封印術を応用した色んな発想《使い方》は思いついた。

封印術の成功率もほぼ１００％に近づけることができている。

オレが成長すればするほど、爺さんは衰弱していった。

最近はもう軽い運動もできない。魔力も練られなくなった。

爺さんは敷布団の上で横になっている。

そしてたまに起きては牢屋内の唯一の机に近づき、椅子に腰かけ筆を握る。そしておもむろに紙に字を書いた後、眉をひそめて紙を破り捨てていた。

恐らく書いているのは手紙だろう。看守から封筒を貰っていたし間違いない。

この監獄では外に手紙を出すことは許可されている。爺さんは誰に手紙を送るつもりなのだろうか。

「なにしてるんだ、爺さん。

紙がもったいないだろう」

爺さんは頭を抱え、弱々しい瞳でオレを見る。

「若い娘が喜ぶ文章とは、どんなものだろうか」

「――恋文でも書いてるのか？」

「もしも恋文なら、君に相談はしない」

おい爺さん、そりゃどういう意味だ？

オレにだって口説き文句の一つや二つぐらいあるんだぞ。その口説き文句が女心を掴んだことはないけどな。むしろ引かれることが多々あったけどな。

「様子から察するに、相手は孫娘か？」

「ううむ……」

「相部屋になった素晴らしい弟子の話とかどうだ？

物覚えが良くて、顔も角度によってはイケメンの弟子が居ます。

――って、冗談だよ！　そんな困った顔で見るな！」

胡坐《あぐら》をかき、地べたに座る。

手紙、手紙かぁ……出したことないから本当にわからない。

「書きたいこと書けば――いいんじゃないっすかね？

そんな難しく考えることじゃないだろ。文字制限があるわけじゃないんだ。

言いたいこと全部書けばいいんだよ、書けば」

「言いたいこと、か――」

「オレがトイレ行ってる間に書いとけ。
戻ってきたら添削してやる」

オレは立ち上がり、机の反対側にある牢屋に用意された便所へ向かう。

「まったく、つまらんことで悩みやがって」

ズズ、と椅子が擦れる音が響いた。

ガタン。

小さな地響きと共に何かが落ちた音が聞こえた。

「爺さん？」

視線を机の方にやると、爺さんの細い体が地面に落ちていた。

胸を右手で抑え、爺さんがもがいている。黒い紋章が爺さんの心臓部で光り輝いていた。

爺さんが腕を伸ばす。救いを求めるように――

「じ、爺さんッ!!」

オレはすぐさま駆け寄り爺さんの体を寝かしたまま抱えた。

「誰か！　誰か居ねぇか!?
爺さんが、爺さんがやばい！」

小さな呼吸音が聞こえる。呼吸は次第に小さくなっている。

オレの声に反応した囚人が伝言式で看守の居る場所まで声を届かせた。

数名の看守が牢の鍵を開け、爺さんを背負ってどこかへ行った。

◆

「バルハ＝ゼッタはもうじき、その心臓を止めるだろう」

看守長からオレは直々にそう言われた。

オレは現在、看守長室に居る。簡素な部屋だ。飾ってあるのはなにかの賞状や勲章ばかりで、後は紙束が積んであるだけ。客用の椅子と机があるが、オレがそこに腰掛ける権利はなく、立ったまま看守長の執務机の前に居た。

看守長はその長く煌《きら》びやかな緑髪を揺らし、紅茶のカップを鳴らした。

「医者は？」

「あれは医者が診る類《たぐい》のものじゃない」

「じゃあなんだアレは？」

「あれは呪いだ」

呪い。

本でしか見たことないけど本当に存在するのか。

「誰か、治せる人は居ないのか」

「呪いは解けることの無い病だ。

治す、治さないを論ずるものではない」

そうですか。無理ですか。

じゃあ爺さんは、このまま死を待つしかないってのか。

「一つ、君に頼みたいことがある」

看守長は机の引き出しから短剣を取り出した。

なにやら呪文のような文章が白い刀身に書かれている。柄は包帯でグルグル巻きにされていた。

刀身と柄の境目に青い石が埋め込まれている。

明らかに、異質な力を秘めていた。

「これで、あの男を殺してくれ」

「意味がわからん」

「呪殺された人間は霊這系モンスターになることが多い。

この刀の名は冥剣《めいけん》〈ルッタ〉と言ってね、特別な呪符が施されている。殺した相手を確実に冥土送りにできるんだ」

つまり、爺さんが魔物になるのをこの刀で防げってことか。

「なぜオレに頼む？

自分か、もしくは部下に頼めばいいだろう」

看守長は目を背けた。

何かから逃げる瞳。目の前の女性は泣きそうな顔をしていた。

——そういうことか。

その表情でオレは察した。

「アンタ、爺さんの知り合いか」

「あの人には……世話になった」

「それで、自分の手で爺さんを殺すのはキツくて、
かと言って赤の他人に恩人が殺されるのは面白くない。

ってわけだろ？」

看守長は答えない。それが答えだった。

「弟子のオレならとどめを刺す権利があるってか」

オレは短剣を手に取り、その矛先を机に向け、柄まで沈むように刺しこんだ。

「ふざけんな」

一喝する。

「誰かがやらねばならない！

あのレベルの術師が魔物になれば取り返しのつかないことに――」

「爺さんが魔物になったその時は、オレが封印してやるよ」

オレは一瞥《いちべつ》もしないまま、自分の牢屋《居場所》へ戻っていった。

第七話　バルハ＝ゼッタという男

物心付いた時には家族は居なかった。

物心付いた時には一人で生きる術《すべ》を身に着けていた。

オレを赤ん坊から物心付くまで育てた人間の顔は覚えていない。

覚えているのはそいつが男だと言うこと、そしてオレに最低限の生きるための知識を与えてくれたと言うことだけ。

オレは一人で、家もなく仕事もなく、この田舎を歩き回って生きて来た。収入源はつまらない悪事の積み重ね。オレの今までの罪の断罪と考えれば、この一年間の牢屋生活は当然だったと言える。

自分の人生が不幸だと思ったことはない。人生の良し悪しが分からなかったから。幸福な人生、不幸な人生、そのテンプレートを知らなかった。

ひたすら退屈を潰す日々。

退屈は嫌いだった。

十一か月前、あの女の子を領主の息子から救ったのだって、別に正義感から生み出された行為ではない。

ただあの時、彼女を助ければなにか面白いことになるかと思った。ただ、それだけだ。

牢屋に入る時も内心ワクワクしていた。なにかが変わると思っていたから。

クソみたいな人間だな。

環境が悪い。

生まれ持った性能が悪い。

そんな言い訳は許されない。

この世界は呆れるほどに自由だ。

そして自分を不自由にしているのは、その呆れるほどの自由さなのだ。

人間、歩もうとすればどんな道だって歩ける。分かれ道が多すぎるのだ。幾多の道が目の前に広がっている時、人はなにを思うか。

めんどくさい、だ。

どの道が安全かわからない。どの道が楽しいかわからない。

だから人は楽な道を選ぶ。足跡の付いた道を選ぶ。親の足跡、恩師の足跡、友の足跡、全く知らない誰かの足跡——

そうして誰かが開拓した楽な道に足を踏み入れ、無自覚な内に誘導される。気づいた時には道は一本道になっていて、引き返すにも今まで来た道が長すぎて怠《だる》くなる。

オレは一本道に入るのが嫌で、ずっと道を選ばず無数の可能性の前で足を止めていた。

なぁ爺さん。

オレはそろそろ覚悟を決めるさ。

アンタの足跡が付いた道から、オレだけの道へ足を踏み入れる覚悟を。

爺さん。

アンタはこの短い期間にオレに多くを教えてくれた。

だから、アンタにはどうしても言わなくちゃいけない言葉がある。面と向かって言うのは恥ずかしけどな。

◆

オレが付き添いの看守と牢屋に戻ったと同時に、爺さんは筆を置いていた。

看守はオレを牢屋に入れ、カギをかけると去っていった。オレは爺さんの背中に声を掛ける。

「調子はどうだい？」

「――悪くない」

爺さんは視線を横に流し、壁にもたれ掛かっているオレに目線を合わせる。

「長かったな……」

その言葉はオレに向けたモノでは無かった。

「79年という年月は長かった。

夢を追い、故郷を離れ、師に出会い。

封印術師となって冒険の日々へその身を投じた」

きっと、今爺さんの脳内では走馬灯のように思い出が駆け抜けているのだろう。

外の世界のことをオレに教えてくれた時と違う。

喜びも、悲しみも、正の感情も負の感情も思い出しながら彼は語る。

「全てを分かち合える友と出会い、愛する女性とも出会った。

多くの出会いがあった。多くの別れがあった……それら全てを乗り越え、私は今、ここに居る」

「未練は無いのか？」

「あるさ。だがそれ以上に満足している。

私の人生に点を付けるなら、１００点満点中80点ってところだろうな」

それでも、１００点ではない。

そりゃそうだ。最期に牢屋に入るような人間の人生が１００点のはずがない。

足りなかった20点は限りなく大きい。

「オレがオレの人生に点を付けるなら、20点ってとこかな。

つい、こないだまでは0点だった」

いつの間にか、オレの声は震えていた。

時間が迫っている感覚が、爺さんの背中から伝わっていた。

「アンタがくれた20点だ。

アンタが、オレに夢をくれた」

たった半年足らず。

だが、その時間がオレにくれた物は大きい。

「だから、爺さんがやり残した20点分の未練――

オレがなんとかするよ」

爺さんは困ったような顔で、口元を笑わせた。

「頼めるか。シール」

「ああ」

爺さんは背筋を伸ばし、首をコキコキと鳴らした。

そしてわざとらしい声で、

「うーむ。

肩が凝った……」

まったく、下手な芝居を打つものだ。

「肩、叩いてやろうか？」

オレは爺さんの元へ駆け寄り、爺さんの肩を叩く。

交互に、なるべく力を弱めて。

「シール。

君に一つプレゼントがある」

「プレゼント？」

「そうだ」

オレは周囲を見渡すが、プレゼントになりそうな物はなにもなかった。

「外の世界で、ファミリーネームが無ければ色々と不便もあるだろう」

「そりゃあ……そうだろうな」

「だから君に名を贈ろう。

実はな、バルハ＝ゼッタという名は襲名なんだ。

代々封印術師の本流に与えられる」

え？　ってことはバルハ＝ゼッタの名をオレに――

「だが君は半人前だ。

ゆえに、半分だけ名を渡す」

「はいはい、そんなことだろうと思いましたよ」

「ははは！

いじけるな。たった半年で半人前になれたのだからな。

――誇っていい」

爺さんは瞼《まぶた》を落とし、オレのフルネームを呼ぶ。

「シール。明日からシール＝ゼッタと名乗ることを許可する」

「シール、ゼッタ……」

たった三文字、たった三文字の名を貰っただけ。

金にならない、たかが三文字。

なのに――

まずいな。

自分でも引くほどに、喜んでいる。

――認められた。

真の意味で認められた気がした。

オレはギュッと表情筋を引き締めた。

名を貰ったことに喜んでいると思われるのは何となく癪《しゃく》だったからだ。

「あぁ、良かった。

最後の最後で、この名を……引き継ぐことができた」

かつん。と、拳に返ってくる力が途端に弱くなった。

「爺さん……」

終わりが迫っている。

肩叩きを通して、それが伝わってくる。

「シール」

「……なんだよ」

爺さんは満足そうに笑った。

そして、瞼を落とし、他愛ない話をするように言葉を口にする。

「肩叩き、上手くなったな」

なにかが、切れる音がした。

「だろぉ？

オレ、誰かの肩を叩いたことなんてなかったから、練習したんだ。

夜中にこっそりと、自分で自分の肩を叩いてな……」

「――」

「爺さん。

寝るにはまだ早いぜ。消灯時間まであと三時間もある」

「――」

「そうだ爺さん。

新しい封印術の活用方法を思いついたんだ。後で見てくれよ」

「――」

「なぁ、爺さん。

聞いてんのか？」

「――」

肩に置いた拳に、返ってくる力はない。

「師匠……」

誰も居ない部屋で、オレは声を絞り出す。


「ありがとな」

釈放まで残り一か月。

桜が散りゆく春の終わりに、バルハ＝ゼッタはこの世を去った。

◆　◆　◆

私の名はバルハ＝ゼッタ。これまで数々の邪《よこしま》なる者を封じてきた封印術師だ。

特に不死者や再生者、真っ当な手段では倒せぬ者達を封じてきた。

そんな私を魔人や人魔は恐れ、〝天に仇為す者達《ナチュラルエネミーズ》〟と呼んでいた。

きっと、これは奴らの策略だったのだろう。

ある日、研究所を訪れると見知らぬ死体が並んでいた。

ほとんどが騎士団の関係者、中には騎士団長の妻も居た。

同時に来訪する整った足音。私はすぐに直感した。嵌《は》められた、と。

騎士団長率いる小隊が私と死体を見て、激昂《げっこう》した。

――私は呪いによる死刑を言い渡された。

呪殺は苦しみを伴う。

意味合いとしては火あぶりに近いだろう。できるだけ苦しみを与え、殺す刑罰だ。

私は呪いを刻まれた。

帝都の牢に放り込まれて暫《しばら》く経った後、友人であるパールの計らいで田舎の牢に移送された。

『私は貴方を信じています』

妻は濡れ衣だと、最後まで叫んでいた。

『許さない。おじいちゃんのこと、絶対許さないからっ……！』

孫娘は泣きながら、私に恨みつらみを叫んで去っていった。

どうしようもなかった。身の潔白を訴えたが全て弾かれた。

恐らくだが、騎士団上層部に魔人が居る。魔人は人魔と違い、その容姿は人とそう違いはない。人社会に紛れ込むことは不可能じゃない。

そのことはアドルフォスとパールに伝えたが、どちらも立場上、手を出すのは難しいだろう。

負けた。

はじめて魔物に敗北した。

魔人や人魔の中でも数万という人間・魔物を喰らった別格の力を誇る者達、〝魔帝《まてい》〟。

私は幾多の〝魔帝〟を撃退してきた。真っ向勝負では負ける気はしなかった。

彼らは気づいたのだ。人を殺すには、人を使えば良いと。

私はもうじき死ぬ。寿命は近かったから、死ぬことに関しては覚悟を決めていた。

心残りは私が今まで封じてきた〝魔帝〟たちがどうなるかだ。彼らが復活すれば〝界核《ワールドコア》〟は乱れ、生態系に影響を及ぼすだろう。植物や魔物のような知の無い存在は特に影響を受けるはずだ。

――特にあの再生者。屍帝……レイズ＝ロウ＝アンプルール。私とサーウルスの二人掛かりでようやく封印できた怪物。もし奴が解放されれば厄介だ。奴に対抗できるのは封印術師以外に居ない。

必要だ。私の跡を継ぐ者が……。

封印術師になる資格のある者。

才能だけで言えば一人居る。

ニーアム。

黄色の魔力を持ち、突出した青魔を誇る。器用な魔力操作を要する封印術師に彼女はピッタリだ。

だが、彼女の内には闇を感じる。

昔、魔人に身を墜《お》とした我が弟と同様の闇が……。

封印術がもし魔帝の手に落ちれば、この世は終わる。

そういう観点から彼女にだけは封印術を渡せない。

ならば、しかし、どうすれば。

誰に、この力を預ければいい。

私はどんな人間を弟子にしたいのだ？

わからない。

いっそ、死んだ後の世界は知らぬと思えればいいのに。

だが残念なことに、私はこの世界が大好きなのだ。

頼む。誰か、誰かいないか？

私の力を受け継ぐにふさわしい者は居ないのか？

『こっちだ。早く来い』

私は、連れられた田舎の牢で、運命を知った。

その少年は全身から脱力感が伝わる物腰をしていた。

漆黒の前髪の隙間から見える瞳。その瞳は飢えていた、展開に飢えている目をしていた。

――真っ白。

黒髪の少年から私が受けた印象はこうだった。

そして驚くことに、少年には名が無かった。

私の右眼は対象の魔力の質・量を見る。

私の左眼は対象の真名《しんめい》を見る。

いつも相手の名を映し出す私の左眼は、少年の名を見られなかった。

『少年、名はなんと言う？』

『……シール』

赤・青・緑・黄。そして――金色。

彼の中には私も知らぬ魔力が存在した。

魔力色には上位種が存在する。

赤の上位種、紅蓮《ぐれん》の魔力。

緑の上位種、深碧《しんぺき》の魔力。

私が知っているのはこの二種類だけだった。

彼の持つ金色の魔力、これは黄色の魔力の上位種だとすぐにわかった。

だがこの金色の魔力、普通の手段では取り出すことができないだろう。

どんな力を持っているか、私にもわからない。わからぬ内は手を出さない方が良いと、私は判断する。

『封印術師って、なにをするんだ？』

『興味があるのかね？』

『アリアリだね』

少年の好奇心を少し刺激したら、彼は乗って来た。

真っ白なノートを彷彿《ほうふつ》させる、好奇心の塊の少年。

私が求めていた人材は、そんな人間だったようだ。

少年は赤・青・緑の主源三色に関しては中の上ぐらいの潜在魔力量だった。少し赤が突出している。

努力すればどんな分野にも手を出せるが、どの分野においても一流には一歩及ばない。そんなステータスだ。

いずれは万能型になるだろうが、当分は赤い魔力を伸ばす方向で育てた方が良い。赤の魔力は攻防共に優れている。緑の魔力は今の段階で手を出すと混乱するだろうから後回し。

そして黄色の魔力と金色の魔力、この二つに関しては桁が違った。

魔術訓練を受けていない者にしては多すぎる。全盛期の私には及ばないが、衰えた今の私と同等ぐらいの黄魔を持っている。

魔力の総量で見れば大抵の者は上回れるだろう。

魔力操作のセンスについては主源三色は並ぐらいだろう。

一週間でそれなりの赤魔操作を披露した。私は魔術を学んで一日でほぼ完璧に操作できていたから、私に比べれば遥かに劣る。しかし、私は天才と言われていたから基準としてはわかりづらい。

他の魔術師と比べてどうかはわからない。私は１から魔術を教えたことが無いから、比較対象が私しかいないのだ。

次に黄魔の操作。

これに関しては間違いなく天才だった。

基礎封印術でも習得に最低三年はかかると言うのに、彼は三か月で習得した。


『暇つぶしだよ』


私がなぜ封印術を学ぶのか聞いたら、彼はそう答えた。

私に封印術を学ぼうと過去に多くの人間が私の元を訪れた。同じ質問を彼らにぶつけると、〝世界のため〟、〝強くなるため〟、〝誰かを守るため〟。

耳に心地良い言葉だ。

しかし、私の心には響かなかった。

私が封印術を学んだ理由、私が封印術を学んだのはなぜだったか。


暇つぶしだ。


私が師匠に弟子入りしたのは暇つぶしだった。辺境の村で退屈を飼いならしていた私は、たまたま村を訪れたあの人を追って弟子入りしたのだ。

封印術は相手の自由を奪い、恒久的に暇を与える悪魔の技。

退屈への恐怖を、暇への恐怖を、知っている者が扱ってこそ力を発揮する。

人間は無自覚に支配される生き物である。
自分で自分を支配できる人間はそう居ない。
なぁシールよ。
私たちは誰かを支配したいのではない。そうだろう。
私たちが支配したいのは己の人生。そうだろう……。
『オレがオレの人生に点を付けるなら、20点ってとこかな。
つい、こないだまでは0点だった』
『アンタがくれた20点だ。
アンタが、オレに夢をくれた』
『だから、爺さんがやり残した20点分の未練——
オレがなんとかするよ』
私の人生に起承転結があるのなら、ここが〝結〟だろう。
だが、私の人生が完結してもこの世界の物語は続いて行く。
シール、君の人生を〝起〟こすことが、私の最後の使命だ。
ああ、悔いはない。
私の人生は最後の最後で満点になった。
だから、礼として——君にこの名を贈ろう。
『シール。明日からシール＝ゼッタと名乗ることを許可する』
『シール、ゼッタ……』

私の左眼に、シール＝ゼッタの名が浮かんだ。

真名は生まれた時に与えられるモノ。両親の居ない彼は真名を得る機会を失っていたのだろう。

だがこの時、シールが私の与えた名を認めた瞬間に、真名は成った。

お師匠様。貴方の名を、半分だけですが受け継ぐことができました。


『肩叩き、上手くなったな』


シール、君のおかげだ。君が教えてくれた。

私は最後の最後まで、暇な人生では無かった。

退屈な人生では無かった。

シール、最後に君にこの言葉を贈りたい。

面と向かって言うのは恥ずかしいがな……。


『ありがとう』


妻の名が、息子の名が、孫娘の名が、魂から消えていく。

これが魂の浄化というやつか。

怖いな……暗闇が落ちてくる。

不思議と、涙は出ない。

バルハ＝ゼッタは確かにその命を全うした。
さようなら世界。
また会う日まで。

第八話　そして、冒険が始まる

爺さんが魔物になることはなかった。恐らく、既に爺さんには魔物になる程の力、魔力が残っていなかったのだろう。

爺さんの遺体は看守長が回収し、密《ひそ》かに火葬されたらしい。葬式は行《おこな》われないそうだ。

一方《いっぽう》オレはと言うと、それから大した事件も無く、ひたすらに修行を繰り返した。

そして爺さんが亡くなってから一か月後――

「さぁーて、準備ＯＫっと！」

オレは牢の外に出た。

紺色のシャツ、黒の長ズボン。その上に黒い外套《がいとう》を羽織ってオレは後ろを振り返る。

そこにあるのは三階建ての大きな建物。建物より高さのある柵に囲まれている。正門の側には緑髪の女看守長が立っていた。

「釈放おめでとう。

これで君は自由だ」

「1年間世話になった」

「心にも思ってないことを口にするな。

そうだ、コレを……」

看守長はオレに封筒を渡して来た。

「あの牢に忘れてあった物だ」

どっかで見たことある封筒。

オレは封筒の中を見て、一通の手紙が入っているのを確認し、解を得る。

「こりゃ、爺さんが孫娘に書いた手紙か……」

「宛先が書いてなくて届けることができない」

「まさか、これをオレに届けろと？」

「その通りだ」

この看守長は……厄介ごとを全部オレに押し付ける気か？

「無料《ただ》とは言わん。

君への支援金に報酬金を上乗せしてある」

「道理で財布がパンパンに膨らんでいたわけか。

はいはい、わかったよ。手紙は責任もって届けるさ」

良い暇つぶしになりそうだしな。

「孫娘の名前は表に書いてあるから、手がかりにしてくれ」

「ったく、宛先を書き忘れるとは……おっちょこちょいな爺さんだな」

孫娘の名前以外にも、手がかりはもう一つある。

――魔術学院。

ニーアムとかいう性悪女騎士がそこに爺さんの孫娘が居ると言っていた。

だがこの世界に魔術学院がいくつあるかはわからない。片っ端から当たるしかないか。

「シール、君に渡しておく物がある」

看守長が部下に運ばせてきたのはベルト。

それもケース付きのベルトだ。

「バルハさんから預かっていた物だ」

「爺さんから……」

「札入れと、その隣に筆を括《くく》り付けられる革の輪が付いたベルトだ」

オレはベルトを腰に巻く。これは使いやすいな。

「ポケットに入りきらない札はそこに入れておけ。

それとコレは私からの餞別《せんべつ》だ」

渡されたのは鞘《さや》に納められた短剣。

一か月前、オレが看守長室の机に叩きつけた短剣だ。確か殺した相手を確実に冥土送りにする短剣だったか？

「この短剣は魔成物だ。

封印術と組み合わせて使うと良いだろう」

「なるほどな。

ありがとう、とは言わないぜ」

「それでいいさ」

オレは巾着バッグを地面から拾い上げ、肩に掛ける。
最後に看守長――というより、その背後にある監獄を一瞥し、背を向けた。
「達者でな。シール」
「あぁそうだ。一つ忘れていた。
看守長、オレのフルネーム、教えておくよ」
オレは振り返り、はじめてこの名を名乗る。

「シール＝ゼッタだ」

〝起〟が終わり、長い長い〝承〟が始まる。
封印術師シール＝ゼッタの人生ノートはここから積み重なっていくのだ。

――オレは歩き出す。目の前に広がる果てしない世界に向かって……。

boredom hating sealer

第一章◆封印術師と屍の王

第九話　忘れられた街〈ディストール〉

忘れられた街〈ディストール〉はいつだって活気が無い。

生まれた時からここに住んでいるが、ここに居る住人はやる気が無い。

良い意味でも悪い意味でも安定しているのだ。帝国からはその手のかからなさから完全に忘れられている。

この街のどうしようもない部分はその安定を愛してしまっているところだ。

誰かが街を宣伝しようとしても反対、誰かが街を改革しようとしても反対。１００％街が良くなる改革案があっても彼らは首を横に振るだろう。

良くなる、ってことは波が立つってことだ。

波紋一つすら拒む彼らにとって、プラスでもマイナスでも安定が消えるなら嫌なのだ。

だからこの街にあるのはありきたりな店ばかり。

武器屋、防具屋、道具屋、食品販売店、飯屋や酒屋。そんなどこの街にでもある店しか開いていない。

オレはそんなありきたりな武器屋の、ありきたりなオッサン店主に話しかける。

「久しぶりだな、ダース」

「お、まだ生きていたのか。

悪童のシール君」

「悪童？　悪事なんて生まれてこのかた数えるほどしかやってないぞ」

「俺が知っている限りでも、１００回以上は盗みをしていたはずだが？

その内89回はオレの店で」

1回たりともこの店で盗みは成功してないけどな。

「領主のお坊ちゃんを殴ったらしいな」

「あー……そんなこともあったな」

「一年間もそれで捕まるとか、ほんっと馬鹿だなぁ、お前」

うっせぇ、こっちだって後悔してるわ！

つっても、捕まったおかげで爺さんに出会えたから差し引きゼロ……いや、プラスだな。

オレは店内をぐるりと見て回る。

「なにが欲しいんだ？」

「魔成物《ませいぶつ》」

魔成物とは魔力で構築された物体だ。

オレの封印術は魔力を孕んだ物にしか使えない。手数を増やすためにも、紙札《かみふだ》に魔成物の武具を封印しておいて、必要に応じて解封して装備する……って戦法を取りたいのだ。

冒険に出るにあたって魔物と戦うこともあるし、もしかしたら人との戦闘もあるかもしれない。

名前を教えてくれない相手、オレより魔力の高い相手なんて珍しくも無いだろう。そういった相手には封印という手段ではなく、直接叩く選択肢を取るしかないのだ。

「魔成物ってのは錬金術師が錬魔石《れんませき》と武具をくっ付けて作り出す高等工芸品だ。

こんなつまらない街にはそうそう置いてないさ」

「そりゃそうか」

「ま！　ウチには一個あるけど」

店主は自慢げに親指でカウンターの背の壁を指した。

正確には壁に飾ってある長槍にオレの視線を誘導させた。

赤色の錬魔石と緑色の錬魔石が柄の中心に埋め込まれた槍。そういや看守長から貰った短剣にも同じような錬魔石が付いていた。色は青だったけど。

「売りもんじゃないけどな。獅鉄槍《してつそう》、魔力を込めると槍が伸びる……らしい」

「らしい？」

「この街に魔術師は領主の家にしか居ないからな。試したことはない」

伸びる槍か……。

「ちょい貸してくれ」

「あぁ？　盗むつもりじゃねぇだろうな？」

「違う。オレも一応魔術師もどきになったからな。

その槍、伸ばせるかもしれない」

「お前が魔術師？

はっはっは！　コイツは面白れぇ！

「いいぜ、やってみな」

オッサンは槍を壁かけから外し、カウンターを出てオレに槍を差し出してきた。

オレは槍を受け取り、矛先を上に向ける。

「いけるか……」

オレはまず、青の魔力――操作の魔力を槍に込めてみる。オレの予想が正しければ、これじゃ槍は伸びない。

――変化なし。

次に緑、形成の魔力を込める。すると槍に埋め込まれた緑の錬魔石が光り……。

「お！」

槍が勢いよく伸びて店の天井に触れるギリギリのところまでいった。

「お、前……マジで魔術師になったのか！」

「やっぱりな。この錬魔石の色で、対応する魔力の色を指定しているのか」

ってことは、看守長から貰った短剣には青の魔力を込めるとなにか起きるのかもな。

しかし、槍は伸びた後で強度を失い、萎《な》えてしまった。矛先がだらしなく垂れさがる。

伸びれば伸びるほど脆く柔《やわ》くなる。そういう性質のようだ。

「なるほど」

オレは緑魔を込めながら、同時に赤魔を込めた。

赤の錬魔石が光ると槍がピンと張り、元の強度を持ったまま伸びた状態をキープした。

形成《緑》の魔力で槍の柄を作成し、伸ばす。強化《赤》の魔力で強度を維持する。これがこの獅鉄槍の性能、二つの錬魔石が付いている意味だ。

しかし、キツイな……！

そもそも緑魔の扱いは苦手なんだ。喉が核になるということは聞いていたし、爺さんが見てない時にこっそり練習もしたが、無害な魔力の塊を作るのが限界だった。本来形成の魔力でオレはなにかを作り出すことはできないが、そこは錬魔石がなんとかしてくれているのだろう。

苦手な緑魔を赤魔と同時に流れこませる。魔力を扱うのだから青魔も使う。同時に主源三色を扱うのだからキツくないはずがない。

性能は魅力的、だが多用はできない。総評は——面白い、にしておくか。

オレが魔力を込めるのをやめると、槍は元の長さに縮んでいった。

「よし。こりゃ使えるな。

——売ってくれ」

「売りもんじゃねぇって言ってんだろ」

「そうかよ」

オレは槍を店主に手渡しする。

「じゃあいいや。またな」

あの槍はオレがこの店にはじめて来た時から飾ってあった。

家宝ってやつなんだろう。懇願しても譲ってはくれまい。

そう思い、オレが店を出ようとすると、

「——売りもんじゃねぇが、特別にくれてやる」

頬を掻きながら、オッサン店主が照れくさそうに言ってきた。

「え、なんかの罠か？」

「ちげぇよ！　……こいつは礼だ。娘を助けてもらったからな」

「娘？　お前、子供が居たのか」

いやそれも驚きだが、いまなんて言った？

娘を助けてもらった礼？　こんなゴリラみたいなオッサンの遺伝子を受け継いだ娘……助けた記憶がない。

「娘とはずっと前から別居中だ。妻と一緒に逃げられたからな」

「そりゃご愁傷様」

「それで、お前が来る少し前に数年ぶりに会ったんだ。

娘はとある馬鹿を探していた。今日釈放された、領主の息子を近衛兵の前でぶん殴る馬鹿をな」

ほうほうなるほど。

つまり一年前、オレが領主の息子を殴って助けた女の子がダースの娘だったのか。

――なん、だと？

待て、オレの記憶が正しければ一年前にオレが助けた女の子は結構美形だった。

コイツの娘であるはずがねぇ！

「だから、それは礼だ。娘は謝っていたよ、擁護できなくてごめんなさいってな」

「謝意があるなら一度ぐらい面会に来てくれてもいいだろうに」

「馬鹿野郎。お前に会いに行ったらあの領主の馬鹿ガキの反感を買うじゃねぇか」

「わかってるよ。でもいいのか？　この槍、大切な物なんだろう」

オッサンは頷き、顔を綻《ほころ》ばせた。

「いいんだよ。それより大切なモンを、お前は守ってくれたからな」

「ありがちなセリフだな。

――そんじゃ、ありがたく頂戴するよ」

「おう！　持っていけ！

待ってろ。今、槍頭を保護する鞘を……」

「あぁ、それならいらない」

オレはオッサンの表情を確認して、槍を受け取る。

そして槍を殴り、「烙印《マーク》、封印《クローズ》」と呪文を唱え、槍を右手に持った札に封印した。

「はぁ!?　や、槍が消えやがった……お、お前！　今なにをした!?」

無論、封印術を知らないオッサンは目の前の不思議現象に目を丸くしていた。

「言っただろ、魔術師もどきになったってな。単なる手品さ。

じゃあな、ダース」

正義の味方なんて何の得もないと思っていたが、そんなこともないらしい。

思いのほか、世界は正義の味方に優しいようだ。

オッサンの驚き具合を笑いながら、オレは外に出た。

◆

さて、道具は揃った。冒険に出よう。

「目的はとりあえず、爺さんの孫娘に手紙を届けることだな」

となると目的地は名も知らぬ魔術学院か。どこにあるか知らないが、帝下二十二都市《ていかにじゅうにとし》に向かえば手がかりの一つぐらい見つかるだろう。

帝下二十二都市は帝国が手厚く保護している二十二の大都市を指す。〈ディストール〉から近い帝下二十二都市は風俗街〈チェリーダンス〉か常春街《とこはるまち》の〈マザーパンク〉だな。風俗街に子供が通う魔術学院があるとは思えないし、〈マザーパンク〉に行くとしよう。

「……風俗街、金が溜まったら絶対行くぞ。それまで待っていてくれ」

そうなると、北にある谷を抜けないといけないか。

街の結界を抜けて、魔物はびこる谷に繰り出すわけだが、一人じゃ怖い。

旅初心者のオレがいきなり一人で冒険に出て上手くいくはずがない。

仲間が欲しいな。

オレと同じで〈マザーパンク〉に行きたい仲間だ。

「よし、路地裏に行くか……」

路地裏には展開が眠っている。

大体路地の裏に行けば、暴漢に襲われそうな女子が居る。それを助ければ女子が仲間になる。

お約束だ。ってのは半分冗談で、路地裏にははぐれ者たちが大勢いるから、その内の誰かを金で雇って連れて行こう。〈マザーパンク〉からこの街に来た奴もそこそこ居たはずだ。

釈放された時に一か月分の生活費を持たされたからな。その金で雇う。多少、値は張るが、背に腹は代えられん。オレにはこの街より外の土地勘がまったくないからな、案内人が居ないと詰む可能性がある。

オレは早速街の中で最もクズが揃うクズスポットに向かった。

酒場が多く揃う道、その裏には多くのクズが眠っている。

オレはアルコール臭に耐えながら酒場の裏路地へ入った。すると、

「おいおいマジか……」

そこに居たのはガラの悪い男三人衆に絡まれる、赤いリボンが特徴的な巨乳金髪ポニテ女子だった。

「おい嬢ちゃん、そんなピッチピチな恰好をして俺達のこと誘ってんのか？」

「うおっ！　めっちゃスタイル良いな！　歳は15、16ぐらいか？　顔もめちゃくちゃ良いし、売り飛ばせば結構な値になるぞ」

「馬鹿言え、こんな上玉、貴族共には勿体《もったい》ねぇよ」

三人衆はどいつもそれなりの体格だ。けど魔力の気配は見えない。今のオレなら勝てる。

「まさに絶好の展開……かな」

金髪女子は怯《おび》えず、ただジッと地面を見ていた。

興味なし、って感じだ。

「あと、十秒……」

少女はなにかをカウントしている。こんな状況でなにをしてるんだ？　不思議ちゃんか？

それにしても、男達を擁護する気はないが金髪女子の恰好は男を誘っているとしか思えない。ピッチピチのシャツに、へそ出し。丈の短いズボンは尻肉を絞めつけていた。背には杖《つえ》を背負っている。

特に胸部がえげつない。今にもシャツが破れそうだ。全体的にサイズを間違えている気がする。

あんな恰好でここを歩くなんて、襲ってくれと言っているようなもんだ。

「しゃーねぇなぁ……」

オレは右手に赤い魔力を籠らせる。

ちょうどいい。あのガチムチ連中で冒険前の準備運動をさせてもらおう。

「おい。そこまでにしとけ、お前たち――」

オレが残り数歩の距離まで男達に近づいた瞬間、異変は起きた。

「あぁ!?」

「なんだこりゃ!?」

金髪女子が結っていた髪を解いたかと思えば、たちまち全身から白煙が巻き起こった。

オレがチンピラと同じポーズでゴホゴホとせき込んでいると、白煙が晴れ、中から一人の少女が現れた。

さっきの金髪女子と同じ服装。だが体格は目に見えてちびっこくなっている。

「変身、した？」

服がピッチピチだった先ほどの女子と違い、ピッタリサイズのちびっ子金髪女子。

彼女は青筋を額に浮かばせながら、男達を睨んだ。

「アンタら、私の妹になにしてんのよ……！」

目に見えるほどの赤い魔力が少女から放たれた。

殺気はオレにも向けられていた。どうやらチンピラの一味と勘違いされているようだ。

あれ？　想定していた展開と全然違うぞ……。

つーか、魔力を使えるってことは――

「コイツは……！」

魔術師か!?

他の連中にはこのバカげた赤魔が見えていない様子だ。まったく物怖じしていない。

「なんだこのド貧乳は!?」

ぷち。

「こんなドチビに用はねぇ！　さっきの女はどこに行った？　探せ！」

ぷちぷち。

気のせいか、血管が切れる音がした。

「……殺す」

物騒なセリフと共に、悪党どもは宙を舞った。

オレはかろうじて彼女の動きを追うことができた。金髪女子は三秒にも満たない間に男三人の顔面にそれぞれ三発ずつ飛び蹴りを繰り出したのだ。

赤の魔力は強化の魔力。

赤魔で身体能力にブーストをかけ、人並み外れた速度とパワーを得たのだろうが、それにしても

速すぎ&強すぎだ。

「なにがなんだか……」

「あら、まだ一人残ってたみたいね」

金髪女子と目が合った。

あ、こりゃまずい。

血走った眼は完全にオレを敵として捉えていた。オレは反射的にバックステップを3回入れて表路地へ戻った。

「ちょ、ちょい待ち！　オレはこいつらの仲間じゃなくて……」

「自分の身が危険だとわかったら仲間を切り捨てるの？　どこまでもクズね！　制裁してやるわ!!」

バッ！　と女は背の杖を抜いてオレとの距離を詰めて来た。

金髪女子は飛び上がり、空中で杖を振りかぶる。

「まったく、予定と違うぞ！」

オレは懐から〝祓《フッ》〟と書き込まれた一枚の札を取り出し、右手の人差し指と中指の間に挟む。

「冥剣《めいけん》〈ルッタ〉、――解封《オープン》」

第十話　生物封印

札《ふだ》から短剣が弾きだされる。看守長から貰った冥土送りの剣だ。

オレは短剣が抜けた空札（中身の入っていない札）を捨て、短剣を順手で構えた。

「札から短剣が――」

解封に驚く金髪女子、だが手を止める気はないようだ。

オレは短剣で杖の縦斬りを受け止めた。

「ぬおっ!?」

踏ん張った足から衝撃が地面に伝わり、亀裂が地に走る。

強化《赤》の魔力を咄嗟《とっさ》に全身に纏ったおかげで何とか一撃は凌《しの》げた。

短剣を振り、金髪女子を弾き飛ばす。

一歩、二歩と距離を取りながらオレは金髪女子の持つ杖を観察する。

「杖の先っちょに黒の錬魔石……あの杖、魔成物か」

黒の錬磨石を付けてるってことは、黒の魔力を使うということ。

黒魔術師か。破壊の魔力……警戒しなくちゃな。

相手はまだ全然本気じゃないだろう。

さっきの一撃は一般人に向けたモノ。オレが魔術師とわかった彼女は次は加減なしでくる。

次の攻撃は最初から魔術師相手の力加減、つまり本気でくるはずだ。

「アンタ、魔術師なのね。しかも奇妙な術を使う。加減はいらなそうね……！」

金髪女子の発した赤い魔力が鼻を掠《かす》める。

おかしいだろ、異常だ。オレの赤魔の量を遥かに凌駕《りょうが》してやがる。アイツが凄いのか、オレが雑《ざ》魚《こ》なのかはわからない。

まともにやりあったら勝てる相手じゃ無いな……ならば、

「待てよ。名前ぐらい名乗ったらどうだ？

戦士の一騎討ちに名乗りは必須だろう」

「戦士ぃ？

生憎だけど、私はアンタを戦士とは認めないわ」

「じゃあこういうのはどうだ？

オレがお前に一発入れたら、オレを戦士として認めてくれるってのは」

「ふん。いいわよ……やれるもんならねっ！」

背を低くして杖を腰に当てながら金髪女子は接近してくる。

「杖ってあんな使い方する武器だったっけ？」

杖って振りかざしているイメージしかなかった。

バリバリ接近戦で使う奴いるんだな。

「面白い……」

自然と笑みがこぼれる。

魔術師とのはじめての戦闘、英雄譚の中に居るようで心が躍る。

赤い魔力を掌・上腕・肩に集中。一投《いっとう》に渾身《こんしん》の力を込める。

武器のさし合いでオレに勝ち目はない。とことん虚を衝《つ》いて狡猾《こうかつ》に勝つ。

オレは手元の短剣を接近する金髪女子目掛けて投げた。金髪女子は足を緩め、杖で短剣を弾く。

タイミングを同じくしてオレは右拳を握って殴りかかった。

「そらよ！」

避けるか、防御か。カウンターを狙える体勢ではない。

ガードの姿勢を作っていた金髪女子の選択は至極当然、防御だった。

オレの拳が杖にヒットする。

金髪女子は防御が成功し、笑みを浮かべる。

「残念、その程度じゃ私に一発入れるのは無理ね！」

「残念なのはそっちだ。元より、オレの狙いはその杖なんだよ」

オレは黄色の魔力を杖に打ち込む。

「烙印《マーク》」

杖に字印が浮かび上がる。

金髪女子はなにか異変を感じたのか、大きく飛び退《の》いた。

予定通り。

杖には黒色の錬魔石が埋め込まれていた。つまりあの杖は魔力を孕んでいるということ。

魔力を孕んでいれば封印できる。

「この刻印は……！」

過《よぎ》った疑問を解決することなく金髪女子は一息で距離を詰め、杖を振るった。

なにかをされる前にオレを昏倒《こんとう》させる気だ。

「封印《クローズ》」

グン。と金髪女子の肩が落ちる。

「ッ!?」

手元にあったはずの杖が無くなり、杖に込めた力が行き場を無くしたのだ。

彼女の杖はオレの左手に持ってある札に吸収《封印》された。

オレは右拳を握り、

「もいっちょ烙印《マーク》ッ！」

隙を見せた金髪女子の腹を殴り飛ばす。拳は金髪女子のシャツを貫通し、生肌を突いた。

ギン！　と魔力が弾ける音が鳴る。

拳が痛い……腹筋に赤魔を集中させやがったな。

だがちゃんと、金髪女子の腹には字印が付いている。相手は気づいてないようだが。

どうやらオレの総魔力量が彼女の総魔力量を上回っていたようだ。赤い魔力に限れば相手の圧勝だが、全ての魔力の総合ならオレの方が上ってことだな。

「私の杖、どこにやったの？」

ひどく、落ち着いた瞳で彼女は聞いてくる。

一切の隙の無い、脱力した構えをしていやがる。

「その前に約束したはずだ。一撃入ったらオレを戦士として認めると。名前教えてくれ。杖の居場所はそれと交換だ」

「決闘の礼儀を重んじるタイプね。嫌いじゃないわ」

金髪女子は腕を組み、口を開く。

「シュラ＝サリバンよ。杖の前にアンタの名前も聞いてあげる」

「シール＝ゼッタだ」

「……ゼッタ？」

彼女が一瞬、驚いたような顔をした。

――好機。

オレは空札を手に取り、右手で筆を持って彼女の名を札に書き込む。

「なにコソコソ書き込んでるのよ！」

「女性の名前は忘れないようにメモする癖を付けててね。特に、お前みたいな美人の名前はな」

「び、美人……!?　ふ、ふんっ！　そういうことなら待っててあげるから早く書きなさい！」

おっと、まんざらじゃなさそうだ。

さっき『貧乳』だの『チビ』だの言われてキレてたからな。こういう体にコンプレックスがありそうなタイプは誉《ほ》め言葉に弱い。

　金髪女子に打ち込んだ字印には識別文字が書いてあり、オレの手元の札にも対応した文字が魔法陣の内側に書いてある。オレの手元の札と彼女に付いた字印は紐《ひも》づいている状態だ。

　この状態で札に名を書き込み、札が青く光ったのなら……封印の準備が完了したということ。

　——札は、青く光った。

「正直者だな……」

　もし、彼女が偽名を名乗っていたなら獅鉄槍を中心に作戦を練り直さないといけなかったが、無駄な心配だったな。

「相談なんだが、この辺でおひらきといかないか？　杖は無条件で返すからさ」

「冗談。ここまで体が熱くなってるのに退《ひ》けるわけないでしょ」

　拳同士を当て、彼女は楽しそうに笑った。

「杖は後でいいわよ。

アンタの全身の骨をズタズタにした後でね！」

　おやおや、もしや戦闘狂ってやつか。

止まってくれそうには無さそうだ。

「仕方ねぇ、なら実験台になってもらうぜ。初の生物封印だ」

「はぁ？」

　オレは彼女の名と魔法陣が描き込まれた札を掲げる。

「——封印《クローズ》」

「いっ!?」

札から渦が生み出され、彼女を飲み込もうと襲い掛かる。

「ちょ、なによコレ!?

吸い込まれ――」

あれ？　なんか様子がおかしい。

赤い稲妻が渦に発生している。しかもなんだ、ちびっ子金髪女子に重なるようにさっき路地裏で見た巨乳金髪女子の姿が見える。

――失敗？

失敗したらどうなるんだ。

取り返しのつかないことにはならないか!?

「やべ、どうやったら中止できるんだコレ!?」

――器《札》を破壊するしかない！

「抗《あらが》え、……ない！」

札を破こうと左手を伸ばした瞬間、金髪女子は札に飲み込まれた。札に描いた魔法陣が赤く光る。

成功……なのだろうか。

パサ。となにかがすぐ目の前の地面に落ちた。視線をやると、そこにあったのは女物の無地の白パンツと金髪女子が着ていた服一式だった。

「服？

――あ！」

封印できるのは魔力を孕んだ物体のみ。

恐らく服は魔力が通っていないため、封印から弾かれたのだろう——

「え、ってことはつまり……」

彼女は真っ裸で札に入ったってことだ。この札を解封すれば、きっと裸の彼女が出てくる。

誤算、いや想定できた事態のはずだ。自分の思慮の浅さが恐ろしい。

気づいたら、酒屋の入り口の方に人が集まっていた。

どうやら今の戦いの音を聞いて今しがた酒屋から出てきたようだ。

オレは周囲の荒くれ者共の視線を集めながら、とりあえず女子の服を拾って鞄《かばん》に入れた。服にはまだ生暖かい感触が残っている。その感触が、気色の悪い罪悪感をオレの心に生み出した。

周囲の視線は完全にオレのことを女物の服をかき集める変態として見ていた。

さて、意図せずして女子を裸に剝《む》いてしまったわけだが……どうしたものか。

爺さん、オレの冒険は前途多難だよ。

第十一話　シュラとアシュ

このまま金髪女子を持ち歩くわけにもいかないので、オレは街の宿屋の中で彼女を解放することに決めた。

宿屋一階にある酒場で夕食を食べたあとでオレは彼女を解封する準備に取り掛かる。

ベッドとクローゼットしかない部屋の中心、絨毯《じゅうたん》の上に彼女が封印されている札を置く。

その札の側に彼女が着ていた衣服も設置した。

彼女は裸で出てくる。間違いない。

紳士たるオレは札に背を向ける。杖は封印したままだし、いきなり裸で外に投げ出されたら戦うどころではないだろう。

彼女があたふたしている間にオレに戦意がないことを示し、和解しよう。

元々オレと彼女が争う理由はないのだから。

「そう上手くはいかないだろうがな……」

覚悟を決め、呪文を口にする。

「――解封《オープン》」

軽快な音と共に白煙が背中から視界に流れてくる。

トン、と生足が着地する音が聞こえた。

「私……一体なにを――」

「えーっと、だな」

オレは背を向けたまま話を切り出そうとするが、

「アンタは……！」

一瞬。瞬く間に彼女は襲い掛かって来た。

彼女の足がオレの胴体に絡みつき、両腕がオレの首を締め上げる。

「がっ……！　テメェ!?」

「なにをしたの！　吐きなさい！」

身動きできない、首が抑えられると人間はこうも脆いのか……一瞬で全身を締められた。

鮮やかなり。いや、問題はそれよりも。

「くそぉっ！」

後頭部に当たる仄《ほの》かな膨らみと柔い突起物。背中には汗ばみ滑《ぬめ》る鍛えられた腹筋の感触――

ツンと鼻をつく健康女子の匂いは悪魔の香り。全身から力が抜けていく。

一年間禁欲を強いられた青少年にこの雁字搦《がんじがら》めは特攻《キツ》すぎる!!

「ぬ……おおおおおっ！　これは抜けられんっ!!」

なんて技だ！

物理的拘束力はもちろん、女子の体を全身で感じさせる隙の無い二重構造《ダブルロック》！

これを抜けるのはオレには無理だ！

「一体私になにをしたぁ！」

「落ち着け！　まずは自分の恰好を見やがれ！」

「恰好……ひゃっ!?」

金髪女子は技を解き、オレから距離を取った。

「わたし、はだか？

どうして、いま、はだかで抱きついて……！」

オレは咳き込みつつ振り返る。金髪女子は顔を赤くし、秘部を隠すように両腕を駆使していた。

涙を瞳に浮かべながら犬歯をむき出しにしてオレを睨んでいる。

気になったのは彼女のへその部分。

オレが付けたはずの字印が消えている。物体、武器や道具は一度封印解封《出し入れ》しても字印は消えなかったのに、生物だと話は別なのか？

「おっと」

今はそれどころじゃなかった。

オレは目を逸《そ》らしながら地面に置いておいた彼女の服を指さす。

「お前の服、そこにあるから着てくれ。

危害を加えるつもりは無いんだ、杖もちゃんと後で返す」

「……。」

「信じてくれ。話がしたいだけなんだ」

オレは背中を向け、戦意がないことを主張する。

彼女が背中に迫る足音が聞こえる。また技をかけられるかと思い体を強張らせるが、服を拾う音が聞こえたと思うと足音は遠ざかっていった。

布の擦《こす》れる音が聞こえる。数分待つと、トントンと肩を叩かれた。

振り返ると服を着た金髪女子が居た。金髪女子は親指で背後の扉を指さす。

「私も話がある。食事しながら話しましょ」

「……わかった」

「杖は話の後でいいわ」

杖は後回し。彼女なりの戦意ナシのアピールだろうか。

オレは夕食を済ませていたことを後悔しながら宿屋一階の酒場へ向かった。

◆

「質問1、アンタ何者?」

注文を終えて卓《たく》につくやいなや彼女は質問を投げかけてきた。

「封印術師だ」

「聞いたことないわね」

「ちとマイナーなもんで」

彼女は「ふーん」と頬杖をつく。

「なるほどね。なんとなく納得したわ。私はアンタに封印されていたわけか」

「そういうことだ」

「じゃ、質問2――」

「待てよ。そっちから一方的に質問するのはせこいだろ。オレにも質問させろ」

どうぞ。と彼女はジョッキに口を付けつつ手を返す。

「さっき路地裏で、お前が変身したように見えた。あれはなんだ？」

「アンタが見た女の子は私の妹よ。そして、彼女は私の中で眠っている」

「どういうことだ？」

「〈陰陽一体の呪い〉、〈太陽神《ラー》の呪い〉とも呼ばれている。私と妹は生まれた瞬間にこの呪いを背負い、一つの器に二つの魂と二つの姿を詰め込まれた。ある条件が満たされると私と妹は入れ替わるの。くっっそウザったい呪いよ！」

そんな呪いがあるのか……。

一つの器に二つの魂。さっきコイツを封印する時に異常な稲妻が走ったのはその呪いが原因だったのかもしれない。姉の名前は札に書いていたけど妹の名前は書いてなかったからな。

「おかげで私の活動時間と妹の活動時間は常人より遥かに少ない。不便で鬱陶《うっとう》しくて忌々《いまいま》しい。

――私……いや私たちはその呪いを解くための旅に出てるのよ」

「呪いを解く？　オレが聞いた話じゃ呪いは解けないから呪いなんだろう」

「そうよ。歴史上、呪いを解いた記録はない。
それでもやるの。絶対にね」

金髪女子の眼差しには確固たる意志があった。

「お前は――」

「お前じゃない。シュラよ、さっき名乗ったでしょ？
それと、今度は私が質問する番」

オレは給仕係から運ばれて来たサラダをつまむ。

金髪女子――シュラはスライスされた干し肉をつまみ食い、苦い顔をしてフォークを置いた。料理が口に合わなかったようだ。

「さっきも言った通り私は呪いを解く旅をしているの。
それで手がかりを求めてこの街にたどり着いた」

「ほう」

「呪いを解く方法を知っている人物がこの街に居るって聞いたのよ。
アンタ、確かファミリーネーム〝ゼッタ〟だったわね？」

「そうだけど？」

「私が探している人物のファミリーネームも〝ゼッタ〟なのよ。
フルネームは〝バルハ＝ゼッタ〟……」

バルハ＝ゼッタ……バルハ＝ゼッタ!?

「お前……爺さんを探してここまで来たのか」

「や、やっぱり知ってるのね！」

「ああ。バルハ＝ゼッタはオレの師匠だよ」

シュラは身を乗り出してオレのシャツの襟を摑んできた。

「どこ！　どこに居るの!?」

「はい、落ち着けー。

お前、テンション上がると周り見えなくなるタイプだろ……」

指摘され、シュラは席に戻って咳ばらいする。

そうか爺さんか。確かにあの爺さんなら呪いを解く方法を――

いや知らないだろ。だって爺さんの死因がその呪いなんだから。

「悲報が二つある。

一つ目、爺さん――バルハ＝ゼッタは一か月前に亡くなった」

「なっ……！」

「二つ目。爺さんは多分、呪いを解く方法は知らなかった。

なぜなら爺さんの死因は呪殺、呪いによるものだったからだ。

呪いを解けるなら、呪殺される前に解いていただろうからな」

シュラの顔色が青くなっていく。

余程爺さんに希望を抱いていたのか。きっと色んな苦労を乗り越えてようやく見つけた手がかりだったのだろう。

「――火のない所に煙は立たぬ」

「ん？」

「……アンタの師匠は呪いに蝕《むしば》まれていた。ってことは、私と同じように呪いを解く方法を追い求めていた可能性がある。解くまではいかなくても、近いところまでいっていたのかもしれない」

なんてポジティブシンキング。

確かに可能性はゼロじゃないけどな。あの爺さんなら何でも知ってそう感はある。

「──その師匠の家はどこにあるの！」

「いや、知らん。悪いが爺さんのプライベートな情報はまったく知らないんだ」

いや、まったくではないか。

「爺さんには孫娘が居る。

その孫娘に聞けば爺さんの家の場所もわかるかもしれない」

「孫娘？　そいつはどこに居るの？」

「どっかの魔術学院、ってことしか知らん。オレもそいつを探してるんだ」

シュラは干し肉を口に突っ込み、もぐもぐと二度咀嚼《そしゃく》しゴックンすると、「それなら」と呟く。

あぁ、なんとなく読めてしまった。次にコイツがなんて話を切り出すか。

「私たちもアンタについて行くわ。

一緒に孫娘を探してあげる！」

「まぁそうなるよなぁ……」

さっき手合わせした時から薄々思っていた。

──コイツが味方に付けば心強いとな。

「いいぜ、こっちとしても願ったりかなったりだ。ちょうど一緒に旅してくれる奴を探していた」

シュラは右手をオレに対して差し出してくる。

「そ。契約成立ね。――よろしくね、シール。言っとくけど、私と旅するのは楽じゃないわよ！」

「了解。お手柔らかに頼むぜ、シュラ」

オレとシュラは握手を交わす。

こうしてオレにはじめての仲間ができた。

◆

昨夜、オレとシュラは仲間となった。

夕食を食べ終えた後は別々の部屋を取り、そのまま就寝。早朝に常春街の〈マザーパンク〉に向けて出発する予定である。

オレは部屋の扉をノックする音を聞き、ベッドから立ち上がって寝ぐせを掻きながら扉の方へ向かう。

きっとシュラだろうなって思いつつドアノブを回して扉を開けるが……そこに立っていたのは眠たげな瞳でこちらを見上げる金髪女子だった。

「はようー」

金髪、碧眼《へきがん》。ポニーテール。

手の平を見せながら彼女は挨拶らしき言葉を口にしてきた。

オレはとりあえずノリを合わせ、手の平を見せる。

「は、はよぅ～……」

路地裏でナンパされていた金髪女子だ。つまりシュラの妹である。

恰好が昨日と違う。今日は身に合った格好をしている。が、季節とは合っていない。

夏の暑さがウォーミングアップを始め、今まさに肌を焼いているのに、彼女は黒いモコモコの長袖を着ている。下半身は短パンを穿《は》いて生足を晒《さら》しており、どの季節にも対応していない衣服だ。

オレはすぐに身支度を整え、部屋を出る。

宿を出て、オレとシュラの妹は〈マザーパンク〉に向けて出発した。

「お前、シュラの妹……だよな。名前は？」

「アシュ。アシュ＝サリバン」

「アシュ。昨日姉に聞きそびれたんだが、お前たちが入れ替わる条件ってなんなんだ？」

アシュとシュラ。略してアシュラ姉妹は呪いによって合体している。

条件によって姿および中身が切り替わると聞いていたが、その肝心の条件は聞いていなかった。

これから一緒に戦っていく上で突然脈絡なく姉妹がチェンジすると連携に影響が出る。結構大切な問題だ。

「陽の光」

アシュは太陽を指さす。

「お姉ちゃんが30分間、陽を浴びるとわたしに変わる。今日の朝、カーテンを開けっぱなしでお姉ちゃんは寝ていたから、わたしに切り替わった」

「陽差し？　ってことは、また30分間陽の下に居ると姉に変わるのか？」

アシュは首を横に振る。

「わたしは逆。30分間影に隠れるか、陽の当たっていない所に居るとお姉ちゃんに変わる」

「姉は陽を浴び、妹に変わる。逆に妹は影に居ると姉に変わるわけか……それで〈陰陽一体の呪い〉ねぇ。世の中不思議なことでいっぱいだなぁ」

ある疑問が生まれる。

人間、陽の下に居ることと影に居ること。どちらの方が多いだろうか。

同じくらい？　いや、普通に後者だろうな。

単純な話、夜に陽を浴びることはないが、朝や昼に影に入ることは多々ある。

陽に当たっていないとすぐに姉に変わってしまうアシュは、一日の三分の一ほどしか活動できていないだろうな。

「難儀な呪いだな……おっと、そういやまだ名乗ってなかったな。

オレはシール＝ゼッタだ」

「知ってる。お姉ちゃんの中から見てたから」

「へぇ、外の景色は共有してるってわけか」

姉は活発で行動的だったが妹は内気で消極的な印象だ。

ずっと眠たげな瞳で、喋《しゃべ》るたびに胸元の布を口元まで引っ張り上げて唇を隠してる。

表情もほとんど動かない。

しかし、まぁ、見れば見るほど整った顔立ちだ。

姉と違って胸は大きく、顔は幼いけど姉ほど子供っぽくはない。身長はちょうどオレの肩に頭のてっぺんがつくぐらいだ。姉の方は胸元ほどしかなかったからな。

「なんだか、騒がしい」

アシュは街の正門の方を指さす。

目を向けると何やら騎士団が商人やら馬車やらを通せんぼしている。

「おい通してくれ！　今日は〈マザーパンク〉に居る客に商品を届けなきゃなんねぇんだ！　用心棒だって何人も連れている。心配はいらねぇよ！」

「ダメだ！　最近、谷に出てくる魔物が凶暴性を増している。現在は騎士団が対応している最中だ。邪魔はさせない。

護衛付きでも通すわけにはいかないな」

面倒だな。

少し頭を使えば無理やりここを通ることはできるだろうが、谷を騎士に会わずに抜けるのは難しい。

「別のルート探るか」

「わかった」

「西から山を越えるか、街を出て南にある港町から船に乗って迂回するか。どちらにせよ遠回りだな」

山を越えるにはそれなりの準備が必要だ。金がかかる。二人で２００００ｏｕｒｏ《オウロ》の出費は覚悟しなくてはならない。時間もかかるし、体力の問題もある。

だとすれば船か。港町までは距離があるが一日か二日あればたどり着くだろう。問題は船賃だな……。

オレは財布を開き、手持ちを確認する。

「南の港町から〈マザーパンク〉まで船賃はどれくらいかかる？」

「距離を考えると、相場は一人７５００ｏｕｒｏかな」

「オレの手持ちは５０００だ」

「わたしは２８００」

一人分はあるのか。だったら……。

「一人分の船賃で二人運んでもらう方法がある」

「密航？」

「まぁそうだ」

アシュを札に封印して荷物として運べば問題ない。

ルートは決まったな。

「３００ｏｕｒｏで一日分の食料だけ買ってすぐに街を出発しよう。なにか飯のリクエストはあるか？」

「シール、料理できるの？」

「ああ。長い間一人で生きて来たからな」

「じゃ……！　じゃあね！」

アシュが跳ねながらオレの外套《がいとう》の裾を摑む。

先ほどまでのクールなキャラから一転、目をぎゅっと引き締め、大きく口を開ける。

「わたしねっ！　もやし！　もやし炒めが食べたい！」

なんだ、この可愛い生き物は。

異性として可愛いというより、犬や猫に対する感情に近い。姉の方は子ライオンって感じだったが、妹はリスみたいな可愛げがある。

「もやしか。ガーリックとバターも買って、全部まとめて炒めるか」

アシュは残像が残るほどの速度で首を縦に振った。

第十二話　無限大の世界

基本的にどんな街にも結界が張ってある。

結界と言ってもその形態は様々で、オレも目で見たことはないが帝都なんかは魔術で構成されたガラスのような結界を街を囲むように張っているらしい。他には単純に強靭《きょうじん》な背の高い壁で囲っている街もあるし、魔物が嫌がる臭いを発する木を設置している街もあるそうだ。

そういった物理的な壁、自然的な壁であっても街を守るために設置してある装置を結界と呼んでいる。

ここ〈ディストール〉の結界は毒霧。

街を囲むように霧が散布されている。無論、人工的に。

霧には魔物にのみ効く毒が盛り込まれている。人には無害だ。

魔物が霧に入り、彷徨《さまよ》い、街にたどり着くまでに毒によって死に絶えるよう設計されている。

だからまぁ、〈ディストール〉の周りには魔物の死体がうじゃうじゃあり、旅人は不気味な霧も相まって嫌がる。一日に一度清掃が入るが、清掃が入るのは深夜なので今の昼の時間帯は普通に魔物の死体が置いてある。

オレとアシュは霧の中、魔物の死体を避けながら南へ向かった。

霧が晴れる境界線には標識柱が立ててある。

〝ようこそディストールへ〟……なんて心にも思っていない文字が書かれた標識だ。

オレは標識の前で立ち止まる。

「どうしたの？」

「いや、生まれてこのかた……この標識より先に行ったことがないんだ」

以前に、霧の中を面白半分に回ったことはあるが、境界線は越えなかった。

そこから先はオレにとって別の世界だったんだ。未知で怖くて何が起きるかわからない。退屈を否定しながら、変化を怖がったオレには越えられない壁だった。

不安と高揚。

二つの相対する感情が渦巻く。オレが一歩踏み出せずにいると、アシュがオレの右手を両手で包み込んだ。

「大丈夫だよ。

怖くないから」

子供をあやすようにアシュは言う。

柔らかい手。けど、ちょっと冷たい手だ。

オレはアシュに引っ張られるまま、霧を抜ける。

「あっ……」

——太陽の光がオレを迎えた。

真っ暗な霧から一転、眩しい光が視界を支配する。

たった一歩、たった一歩抜けた先に広がっていたのは広大な森と遠くに見える海。オレは上から大自然を見下ろす。

〈ディストール〉は高地にある街だったようだ。はじめて知った……みんな当たり前なことすぎて、口にしなかったのだろう。

「やべぇなオイ……！」

オレは思わず走って、断崖の上に行く。

緑と青の美しい景色を上から眺める。

「なんつーか……はじまったなぁ、って感じだな」

ファンファーレの音が聞こえる気がする。

肺に送り込まれる空気がいつもより多い気がする。

陽の光がいつもより暖かい気がする。

あの美しい湖も、
赤と青の花が咲き乱れる花畑も、
煌びやかな川が流れる渓谷、
海の側にある白の町、
そしてあの太陽の照り返しで光り輝く海――

――その全てに、オレは行くことができるのだ。

無数の選択肢。昔なら立ち止まり、動けなくなったかもしれない。

今はひたすらにワクワクする。目に見える全てが、オレの行動範囲なのだ。

「アンタは……この景色を、オレに見てほしかったのかな」

今でも時々夢に見る。

爺さんが生きていて、オレは爺さんの弟子として世界の各地を回る夢を。

今も、隣でオレの肩に手を置いて、笑いかけてほしかった。

なんて、センチになってる場合じゃねぇな。

冒険は笑顔で始めるものだ。

「今からつづら折りを降りて、森を抜けて港町へ向かう。

見て、海の側に白い町が見えるでしょ？」

「ああ。あれが港町〈カラス港〉か」

「あそこを目指す。多分、一日かかると思う」

「りょーかいりょーかい。

森の中に湖があるな……あそこまで行ったら休憩して、飯にするか」

「うん！」

崖から繋がる坂にオレは足を踏み入れる。

後ろを振り返ることはなかった。

◆

つづら折りを降りきると、当然ながらアレが居た。

先ほどまで、その死体は散々見たが、生きているのを前にするのははじめてだ。

【ググ――ギッ！！！】

赤い眼をした狼型の魔物。

「〝狼魔《ファング》〟だね。人間の皮を好む魔物……」

「悪趣味だな」

アシュは杖を構え、オレは〝獅〟と書かれた札を手に取る。

「**解封《オープン》**、獅鉄槍――」

札から蒼き槍が飛び出る。

オレは槍を右手に取り、クルクルと手首を返して回し、矛先を敵に向ける。

「……。」

アシュがオレの解封を見て目を細めていた。

「お姉ちゃんの中から見てる時も思ったけど、
その術、凄く変」

「そうなのか？」

「うん。凄く……気持ち悪い魔力の動きしてる。

よく成立してるね」

「ひでぇ評価だなオイ」

敵は七匹、生意気にもこっちの出方を見ていやがる。

「姉の方はバリバリのインファイターだったがお前はなにが得意なんだ？」

「形成の魔力、緑魔を使った魔術攻撃」

「形成の魔力か……あ！

じゃあアレできるのか？　ファイアーボール！」

「できるよ。

――見たい？」

「見たい。

凄く見たい！」

男の子のあこがれだからな。

「わかった。

頑張る……」

オレはすぐ後に今の発言を後悔する。

「あの――アシュさん……」

アシュは宣言通り、杖を掲げて頭上に炎の塊を作り出した。

緑の魔力を注ぎ込み、その塊を大きくしていく。

オレの想像していたファイアーボールは精々、オレの背負っているバッグくらいのサイズだ。大きくても人間くらいのサイズだ。

なのに、アシュが生み出した炎の塊は小屋ぐらいなら飲み込んでしまう大きさを誇っていた。

「待て待て待て！　そんな大きさ求めてないって！

山火事が起きるから！　それ、雑魚を蹴散らすレベル超えてるから！

ほら見ろ、〝狼魔《ファング》〟さんたち腰が抜けて立てなくなってるだろうが！」

「大丈夫。火はすぐに水の魔術で消すから」

無慈悲な炎が〝狼魔《ファング》〟を焼き尽くした。

◆

アシュはシュラと違い、援護型の魔術師らしい。

シュラが赤の魔力による身体強化のごり押し戦法を得意とするなら、アシュは緑の魔力による魔術攻撃を得意とする。二人揃えばバランスの良い姉妹だ。

オレとアシュは〝狼魔《ファング》〟を倒した後も何度か魔物とエンカウントした。アシュには例の大火力は自重してもらい、オレが前に出て獅鉄槍による攻撃をかまし、打ち漏らした相手をオレの想像通りの大きさのファイアーボールで焼き払ってもらう。

魔物はオレが考えていたより遥かに弱く、魔成物を使わずとも赤の魔力を灯した拳で打ち抜けるほど脆い。結構ビビっていたのだが、今思えば魔力の使えないディストール《あの街》の連中でさえ魔物退治とかできていたわけだから、魔術師のオレ達からすると相手にならないのか。

「そういや、魔術を使う時に詠唱とかしないんだな」

「詠唱……」

「だって、英雄譚とかだと色々呪文唱えてさ、バーッと魔術使うだろ？
もしかして、お前が凄い魔術師で、詠唱を使わずとも魔術が使える——って感じか？」

「逆だよ。言霊《ことだま》に魔力を込めて魔術をコントロールするのは高等技術。
詠唱は魔術の中でも本当に難しい技術……わたしも練習してるけど、まだ上手くいかない」

詠唱は高等技術。
むしろ詠唱を使わない方が高等技術だと思っていた。
わからんことばっかりだな。

「そっか。逆か……。
なぁアシュ、旅の途中でオレに形成の魔力、緑魔の扱い方を教えてくれるか？」

「いいよ。それより早く行こう！
陽が沈んじゃう！」

その後も魔物を間引いて行き、オレとアシュは湖までたどり着いた。
緑色の湖だ。草花の匂いが心を落ち着かせてくれる。オレ達は湖を正面に据えた位置に腰を落ち着ける。

運動していたから気づかなかったが時間は大分経過したらしく、もうすぐ陽が落ちようとしていた。

「シール！　早く、早く作って！」

影が落ちるのを怖がっているのか、アシュがオレを急かして来る。

そういえば、できるだけ木の影に入らないよう気を付けていたな……もやしを食う前に姉に変わるのが嫌だったのか。

「わかった。

枯れ木を集めて魔術で火を点けてくれ。

フライパンは持ってるからすぐに料理をはじめるよ」

メニューはもやしのガーリックバター炒めか。

まずもやしを洗って絞って水分を出す。途中で食用生物（死んでも瘴気を発さない生物）の猪を狩ったから、そいつの解体も同時に進める。

「シール！　準備できた！」

「了解」

アシュが焚《た》いた火の上に監獄から出てすぐに道具屋で買ったフライパンを乗せる。フライパンの上でバターをまず溶かして……もやし、イノシシ肉を投下。香ばしいバターの匂いが立ち上ったところでガーリックで味付け。

本当はあと二品くらい作りたいが時間がない。

最低限の味見をして、木皿にできあがったモヤシ炒めを乗せる。

うん、良い香りだ。

イノシシ肉の獣臭さも途中で隠し味として入れたハーブの香りで相殺できている。

「できたぜ」

オレは完成したもやし炒めをアシュの前に運んだ。

アシュは石の上に座り、フォークを持って目を輝かせる。

「美味しそう……！」

「わりぃ、ちょっと味が濃くなっちまった……」

「大丈夫。味が濃いって言うのは、つまり美味しいってことだから」

アシュがフォークを持って、もやし炒めに向かう。


――嫌な予感はしていた。


ちょうど、その時だった。

陽が沈み、影が辺りを支配したのだ。

もやしを刺し、口にそれを運んだ瞬間――アシュは姿を消した。

次に現れたのは装《よそお》いを正しながらつまらなそうにもぐもぐと口を動かすちびっ子女子の姿だった。

オレは腰に手をつき、ため息を漏らす。

「……はぁ。なんとなくこんなオチになると思ったぜ」

「なんにも悪いことしてないのに凄い罪悪感があるわ……」

それにしても面倒な呪いだ。嫌がる気持ちもわかる。

「つーか、胃袋とかは姉妹で引き継いでるのか？　また変わったら腹ペコのアシュが出てくるのか？」

「うーん、その辺は結構曖昧なのよね。怪我とかは引き継がないんだけど、食べたエネルギーとか老化とかはある程度共有してるみたいでさ」

そうか、老化を共有しないと20年生きても単純計算でどっちも10歳ぐらいの見た目にしかならないもんな……。

シュラだけこんなに幼い見た目なのもなにか意味があるのだろうか。

あんまり深く掘り下げるのもよくねぇかな。

「さてと、オレも飯食うかな」

オレはもやし炒めが残っているフライパンに足を向ける。

その際に、チラリとシュラの服装を確認した。

シュラより身長のあるアシュが着ていた服を受け継いでいるため、服のサイズが合っていない。

モコモコ黒洋服が短パンに覆いかぶさっている。アシュが着ていた時も多少のダボダボ感はあったが、シュラが着ると大人の服を背伸びして着るガキ感が強い。袖も余って手の半分が隠れている。

アシュが路地裏でぴちぴちの服を着ていた真相はこれか。

今とは逆で、多分、シュラが着ていた服を引き継いだのだろう。

あらためて思う。面倒な呪いだ。

オレは新しく用意した木皿に、もやし炒めを乗っける。

焚火《たきび》がチリチリとうねっている。湖を背景に、焚火を囲みながら大自然の中、飯を食う。これぞ、って感じだな。

もやし炒めの乗った皿を持ち、シュラの方へ歩く。すると、なにかが地面を這う音がシュラの背後より聞こえた。

「――ッ！

誰？　出て来なさい！」

シュラが木皿を置き、杖を構えた。

ゴソゴソと草が揺れる。魔物か？　とも思ったのだが、草陰から這い出たのは男。

今にも死にそうな、顔色の悪い三十路《みそじ》ほどの男だった。

第十三話　ソナタ＝キャンベル

「お腹が――空いた……」

男はうつ伏せの状態で数歩の距離這いずったあと、パタンと顔を地面に倒した。

オレとシュラは顔を見合わせる。

「行き倒れ？」

「みたいだな……」

オレは木皿を持って男に近づく。

もやし炒めの乗った木皿を目の前に置くと、男は手も使わず木皿に乗ったもやし炒めにがっついた。

むしゃむしゃもしゃもしゃと凄い勢いで平らげていく。

「いいの？　アンタのご飯、なくなっちゃったけど」

「大丈夫。

空腹には慣れている。一日ぐらいなにも食わなくても平気だ」

オレが言うと、シュラはイノシシ肉の一切れをフォークで刺してオレの眼前に差し出して来た。

「あと、一口しかないけど……」

シュラが「口開けなさい」と顎をくいっと上げる。オレは口を開けてイノシシ肉を食べた。

これって間接キスってやつだろう。あんまり気にしないタイプなのか——と思ったら、シュラの顔が赤くなっている。いや、照れるなら無理してやることもないだろうに。

イノシシ肉がちょっぴり甘酸っぱい気がする。そんな味付けした記憶ないんだけどな……。

シュラはどこか自分のことを〝余裕のある大人の女性〟だと思っている節がある。まったくもって、そういうところがガキっぽいんだが、本人に言うと激怒しそうなので言わないでおこう。

「いやー！　復活復活ッ！

助かったよ、しょーねん！」

男はもやし炒めを食いきると、勢いよく立ち上がった。

雑に生えた顎髭《あごひげ》、清潔感のないボサボサの灰色の髪。緑の中折れ帽を深く被《かぶ》っていて目元が見えない。服も緑の色気のないロングコート、どうも胡散臭《うさんくさ》い雰囲気の男だ。

「はじめまして、僕の名前はソナタ＝キャンベル。

いやー、食料が完全に尽きてしまってね！　あともう少しで魔物に手を出すところだったよ！

はっはっは！」

「んなことしたら魔人になっちまうぞ。

——オレはシールだ」

「私はシュラよ」

「シール君にシュラちゃんね。

君たちは運がいい！

こんなところでスーパースターに出会えたのだからね！」

ソナタは中折れ帽を外し、胸に添えて頭を下げる。

中折れ帽を外した顔をよく見ると、結構整った顔をしている。

「僕はね、歌手をしているんだよ！

放浪の音楽家、吟遊《ぎんゆう》詩人《しじん》さ！」

「吟遊詩人……？」

「へー、居るとこには居るのね」

オレは石を椅子にして座っているシュラの方を向く。

「知ってるのか？」

「吟遊詩人ってのは、まぁコイツが言った通り旅をしながら歌う連中よ。

故郷で何度か見たことあるけど、旅してから見るのは初めてね」

「もやし炒めの礼さ。

一曲、プレゼントしようじゃないか！」

焚火燃え散る夜の時。

歌を聞きながら仲間と黄昏《たそがれ》る……。

――素晴らしいな。

歌うのは嫌いだが歌を聞くのは嫌いじゃない。

是非とも歌ってもらおう。

「オレは一曲お願いしたいね」

「私も聞きたい。
歌結構好きだし！」
「そうか！
ならばそこの湖をステージに歌おうかな」
「湖をステージに？」
ソナタは落ち着いた足取りで、湖の方へ歩いて行く。
「お、おい！　落っこちるぞ！」
「大丈夫さ！　僕はこう見えて魔術師でね。
水の上を歩くのは造作もないことなのさ！」
そんな魔術があるのか……とオレが期待を込めると、ソナタは舌を出した。
ソナタの舌には魔法陣のような何かが描かれており、その陣を起点に舌が光る。
ソナタの足の方に光が流れ、
ソナタは言葉通り、本当に水の上を歩いた。
「すげぇな……！」
「まだまだ！
僕はね、凄い魔法使いなんだ！
――この湖の上に、炎柱の照明だって簡単に作れるのさ！」
水の上を歩ける奴だ、できても不思議じゃない。
案の定、ソナタは湖の内から炎の柱を出現させ、水面を照らした。

「嘘……なに今の。

全然、魔力の流れが読めなかった……」

炎魔術で辺りを照らし、喉を一回二回さすったあと、ソナタは大きく口を開いた。

「それでは紳士淑女の皆さん！

ソナタ＝キャンベルによるナイトミュージックフェスティバルの始まりです！」

パチパチ～と拍手するオレとシュラ。

ソナタは両手を広げ、歌いだす。


——そこから先のことはよく覚えていない。


覚えているのは思春期の男子が部屋に籠って作ったような幼稚な歌詞が並べられていたこと。

鉱石同士を合わせたような不快な高音が響いていたこと。

シュラが涙目でオレの服の袖を摑んでいたこと。

全身から汗がにじみ出たこと。

無限に思えた時間が終わり、ミュージックフェスティバルが終わった時、オレとシュラはその場に倒れこんでいた。


「ご清聴ありがとうございました！」

短くまとめるならば、

――ソナタ＝キャンベルは想像を絶する音痴だった。

◆

「いやー、歌った歌った～！

大満足ッ!!」

オレとシュラは耳を押さえながらソナタを睨む。

ソナタの肌はツヤツヤしていた。

「て、テメェ……本当に吟遊詩人か？」

「あ、やっぱり気に入らなかった？

僕の感性って個性的だからさー、凡人には理解されないんだよね～」

あっはっは、と笑うソナタ。

どうしよう、一発ぶん殴っていいかな。

「そうだ！　君たちにこれをあげよう！」

ソナタは紙きれをオレとシュラに渡す。

「なによコレ？」

「会員証だよ！　僕のファンクラブのね！」

会員証……オレは紙切れに書いてある文字を読む。

「〝ソナタ＝キャンベル　ファンクラブ会員証――№.０００１会長：シール〟」

「私のには副会長って書いてあるわね……」

「そ！　君たちを僕のファンクラブの会長、副会長に任命する！

いやー、本当に君たちは運がいい――って、無言で破くのはやめてくれ！」

その後、ソナタが何度も歌おうとしたのでその度《つど》、オレとシュラは全力で止めた。

ソナタは「まったく、君たち凄く勿体ないことしてるよ？」と肩を竦《すく》めたあと、荷物を持ってオレ達に背を向けた。

「待てよ。

どこに行く気だ？」

「〈ディストール〉。

ちょっとあるお方に会いたくてね。

――まだ生きていればいいけど……」

なんだ？

危篤の知り合いでもいるのか。

「やめときなさい。

この夜に森を歩くのは危険よ」

「大丈夫大丈夫！　僕、結構強いから！」

うーむ、魔術師なら確かにここの魔物は難なく倒せると思うが、行き倒れが言っても説得力がない。さっきの演出を見るに強い魔術師なのは事実かも知れないけど、旅で怖いのは魔物だけじゃないからな。

ソナタは「じゃあね～」と軽快に手を振った後、森の中に入ろうとし、立ち止まった。

「そうだ、忘れてた。君たち、もしかしてこの先の港町へ行くのかい？」

「ああ、そうだけど」

「行き先は〈マザーパンク〉かな？」

「そうよ」

「――なら、寄り道はしないようにね。まっすぐ〈マザーパンク〉に向かうといい」

言われなくても、そのつもりだが……。

なんだろう、なにか含みのある言い方だ。

「それじゃ、会長、副会長、またどこかで会おうね！　次会ったら新曲を歌ってあげよう！」

『いらんっ!!』

オレとシュラは声を重ねる。

ソナタ＝キャンベルという男は森の闇へ消えていった。

オレとシュラは夜も更けていたこともあり、見張りを交代しつつ睡眠をとる。

――〝寄り道はしないようにね〟。

この忠告を、もっとちゃんと聞いておけば良かったと、後《のち》にオレは思う。

爺さんが居なくなったことで、世界は着々と悪い方向へ向かっていたことをオレはすぐに知ることになる。

第十四話　呪いと祝福

朝起きると、誰かの影がオレに覆いかぶさっていた。

視線を横に倒すと、短パンのシワが見えた。視線を上にあげる。じとーッとオレの顔を覗き込む顔……アシュの顔があった。

「もやし……」

眉を曲げて、懇願するようにアシュが言う。

「悪いな。もうもやしは在庫切れだ」

「もやし……！」

「わかったよ！　港町に着いたらどっかの店で食べよう。だからそんな泣きそうな目で見るなって……」

問題は金だな。

倒した魔物の皮は回収しているし、町に着いたらこれらを売っぱらって換金するか。２０００ｏｕｒｏぐらいにはなるだろう。

オレとアシュは港町に向けて湖から出発する。

道中、やはりと言うか魔物とエンカウントする。今度は体の大きい、角の生えたクマのような魔物だった。

　オレとアシュは前衛、後衛と分かれて華麗に魔物を撃破。

　連携は昨日より洗練されている。

　道を塞ぐ樹木の数が減り出した。

　オレとアシュは丘へ出る。昨日より明るい太陽が見えた。

　潮風の音と波の音が聞こえる。この二つの音がこの町のメロディーなのだろう。

　白い鳥が風に乗って空を走る。白と青の建物を中心とした港町がそこにあった。

「着いたな」

「うん。

〈カラス港〉だね」

　崖の上から見た時は随分遠くに感じたが、実際に来てみるとあっという間だな。

　あの長い道中を越えて来たのか。形容できない感動がある、これが冒険というやつか。やみつきになるぜ……。

「船を見に行きたいけど、まずは……」

　ぐぅ……とオレとアシュの腹の音が交錯する。

「ごはん！」

「――だな」

◆

〈ディストール〉という街は本当につまらない街だったと思う。

いつも誰もが淡々と、日常を過ごしていた。

〈カラス港〉の町並みを見ていると痛感する。〈カラス港〉は〈ディストール〉より遥かに小さい町なのに、活気に溢れていた。

『おーい！

　とれたての魚持ってきたぞ～！』

『お、今日は〝ウシマグロ〟が安いな！』

『うわー！　おさかなおっきぃ～！』

魚を網に入れて商店を回る漁師の姿、店頭に並べられた魚を物色するコックの姿。

呼び込みの声、町を駆け回る子供。この町の人間は明日に向かって生きている。

ただ、一部分だけ暗い顔をしている連中が居た。

「すみません……この子を見つけたら連絡を」

暗い連中の一人、歳を重ねた女性がオレにザラザラとした紙質のチラシを渡してきた。オレはチラシを受け取り、後ろに捲《めく》れないよう両手で持つ。

そのチラシはボヤけているが、まだ小さい女の子の顔が描かれていた。やけにリアルだ。

「念写術だね。

　記憶を使って絵を描く術」

「便利だな」

オレはチラシから目を離し、顔を上げる。

「おばさん、この子がどうかしたのか？」

おばさんは目を伏せ、涙を溜めた。

「この子は私の娘です。

実は……ひと月前から姿が見えなくて……」

耳を澄ませると、同じように子や妻や友人を探している者達の声が聞こえる。

どうやら今、この街では人攫《ひとさら》いが問題になっているらしい。

「大変だな。

娘さん、見つかったら絶対ここまで届けるよ」

「あ、ありがとうございます！

よろしくお願いします」

深々と頭を下げる母親の姿は、寂しげで見ていられなかった。

「人攫い。

一応、気をつけないとね。海が近い町は多いから」

「了解だ。なんにせよ、まずは飯だ飯」

高級店はもやしを扱わないだろう。

狙うは一般食堂。オレとアシュは一つの良い感じのボロ具合の飯屋を発見する。

「リミットはあとどれくらいだ？」

「5分、ぐらいだと思う」

「わかった。じゃあ先に入って注文するから、飯が来たら入って来てくれ」

オレは飯屋の中に入る。ロウソクの火が店内を照らしているが、陽が射しているわけではないので、アシュがここに来るとシュラに変わるまでのカウントダウンが始まってしまうのだ。彼女たちの呪いは連続して30分で起動するのではなく、累積で30分特定条件下に居ると起動する。アシュはすでにそれなりの時間影の中に居る。シュラと変わる時は近い。

オレは飯屋の店主にもやし系の料理があるかと聞く。

すると店主は〝もやしのごま油炒め〟という料理を提示してきた。オレは〝もやしのごま油炒め〟と店主おススメの〝ミートパイ〟を頼んでテーブル席につく。

先ほど立ち寄った道具屋で魔物の皮を売って１５６０ｏｕｒｏを手に入れたから金に問題はない。あとは船代が相場通りであることを祈ろう。

『はい、お待たせさん！』

コトン、と続けて四皿。もやし炒めが二品、ミートパイが二品置かれた。

「お、来たか。アシュを呼びに——」

席を立とうとすると、しゅばっと影が一つオレの正面の席に座った。

アシュは獲物を見る目でもやしを睨み、フォークを摑んで逃がすまいと襲い掛かる。

「もぐもぐ……！　むしゃむしゃっ!!」

リスのように頬を膨らませて、アシュはもやしをかきこんだ。

オレの分のもやし炒めにも手を出しているが、まぁいいか。

「ゆっくり食えよ」

オレは残ったミートパイに手を伸ばす。

まず円形のミートパイをサクッと半分に折った。すると断面からトロリとチーズが伸びる。オレはチーズをこぼすまいとミートパイの欠片《かけら》を持ち上げて、口でチーズをたどりながらパイに食いついた。

しゅく――

〝サク〟じゃない、〝しゅく〟だ。中の挽肉とミートソース、チーズが濃厚な味を作り出す。このコク……ワインを使っているのか。本来、ぶつかり合いそうな味の主張を食感の良さで緩和している。パイが上手い具合に味を中身から吸い取っているのだ。

うまい。

文句なしだ。

「ごちそうさま」

アシュが手を合わせる。

「いいのか？　まだミートパイが残ってるぜ。結構うまいぞ」

「うん、でももう時間が――」

ボォン！　と音を立ててアシュが縮み、シュラがダボダボ服を引き継いで現れた。

「ふぁーあ。

――おはよう」

「遅い寝起きだな。寝ぐせひどいぞ……」

結っていたポニーテールが解かれ、後ろ髪が跳ねに跳ね散らかってる。

それはそれでお転婆らしさが出て可愛げがあるけど。

「後で直すわ。

えっと、ミートパイ。貰っていい？」

オレはそっと皿を前に出す。

シュラはミートパイを手に取ると、割らずにかぶりついた。

シュラはつまらなそうに咀嚼し、ミートパイを皿に戻す。

「ありゃ？　まずかったか？」

「あぁ、ごめん。そう見えた？

うまいまずいじゃないの。隠すこともないし、言っとくけど……私、味覚ないんだ」

「味覚が？」

そういや、前の宿で食べた干し肉もまずそうに食ってたし、もやし炒めの時もノーリアクションだったな……。

「そういう呪いなのよ。味がわからなくなる呪い」

「お前……〈陰陽一体の呪い〉以外にもう一つ呪いを持ってるのか？」

「それだけじゃないわ。他に三つ、合計五つの呪いが私の中にある。

私の故郷は〝呪いの里〟って呼ばれていて、子供の内に限度いっぱいまで呪いを埋め込むの」

「なんだその嫌がらせ。

呪いをかけることになんのメリットがあるんだ？」

「……アンタ、もしかして呪いと祝福の関係を知らないの？」

呪いと祝福？

呪いは解けることのない病……祝福は、あれだよな。誰かを祝う、的な？

「その様子だと知らないみたいね。

呪い――呪縛を受ける代償で人は祝福を受け取れるのよ。

目が見えなくなる呪いを受け、耳が良くなる祝福を受けたり、
冷たい物体に滅法弱くなる呪いを受け、逆に熱い物体に耐性を得る。

――私の故郷は屈強な戦士の輩出を目的として、戦闘に支障が出ない呪いを子供に受けさせ、戦闘に役立つ祝福を受けさせる。そんな、心底クソッタレな風習を何百年も続けてる」

呪いを受けることで逆に強くなることもあるのか。

確かに、どうでもいい呪いを受けて欲しい祝福を得られるなら魅力的だ。

――この姉妹に会う前に聞いていたら飛びつきたくもなったかもな。

「ちなみに私は味覚が無くなる呪いを受けて、嗅覚が鋭くなる祝福を受けてるわ。

あとは、緑魔が使えなくなる呪いを受けて、赤魔を強化する祝福なんかも受けてる」

「〈陰陽一体の呪い〉にはどんな祝福が付いて来たんだ？」

「――詳しくはわからない。この呪いはちょっと特殊なのよ。

でも、見当はつくわ。陽と影に居る時間をコントロールすれば、私とアシュで変わりながら全く別のスタイルで敵を追い詰めることができる。一個体としての能力は強化できてるわけだから、これが祝福ってことなんじゃないの？」

「割に合わねぇだろ」

「呪いと祝福のプラス、マイナスがイコールになるとも限らないのよ。

寿命が減る呪いを受けて、得られる祝福はちょこっと運が良くなるだけ、ってのもあるわ。よく処刑に使われる呪いがこれね。亡くなったっていうアンタの師匠もこの呪いを使われたんじゃない？

ちなみに逆は無いわ。呪いが軽くて良い祝福を貰うことはない。常に呪い《マイナス》が強くなる」

「お前らが居た里は、それも承知でそんなことしてるのか……」

シュラは顔色を変えずにミートパイを完食した。

味が無い物を食べるのにもう慣れているのだろう。

「勿体ないな……このミートパイ、めちゃくちゃ美味しいのに」

「でしょうね。

良い匂いはするもの……」

そうか。嗅覚は逆にめちゃくちゃ良いんだもんな。

美味しそうな匂いだけ浴びて、味はお預けってのはキツイな。

「アシュの方もいっぱい呪いを受けてるのか？」

「あの子は〈陰陽一体の呪い〉だけ。呪いの耐性が強かったからね」

逆にシュラは呪いの耐性が弱かったから、大量に呪いを付けられたわけか。

「そうか……。

じゃあ、味覚封じの呪いも〈陰陽一体の呪い〉もまとめて解いて、もう一回この店に来ようぜ。三人でさ」

「はぁ!?」

シュラが頬杖を解いて驚いた。

「だって、このミートパイを味わえないなんて勿体ないだろう」

「いや、アンタ……まだ私は、呪いを一つも解けてないのよ？　っていうか、長い歴史の中で呪いを解けた人間は居ない。解ける見込みなんて全然ないし。もし解けたとしても一個解くのにどれくらいの代償が必要かもわからない。

〈陰陽一体の呪い〉を解くのだってどれだけ苦労するかわからないから、味覚の方は正直もう諦めて……」

「一つ解くのも二つ解くのも変わらないだろう」

オレが言うと、呆れた顔でシュラは椅子に腰を落ち着けた。

「呪いを解くって言う奴が居たら普通は笑うのよ？　それも二個とか変人よ？

それが常識なの。わかってる？」

「オレは呪いを解く難しさなんてわからないからな。

常識なんて退屈なモンぶら下げられてもわからん。

――つーかお前は、そんな退屈な常識を破るために旅してるんだろ。いいじゃねぇか、歴史上初の呪い破り。それもダブル……良い暇つぶしになりそうだ」

「……!?」

シュラが目を背ける。

オレはシュラと目を合わせようとするが、シュラがすれ違いに目を逸らして来る。

「——あんた……やっぱり変人ね。

おかしい、あたま悪いわ……でも」

嫌いじゃない。とシュラはクスッと笑い、少女らしい表情をする。

「わかった。絶対来ようね……三人で、ミートパイを食べに」

「ああ。まぁアシュの方はもやしの方に夢中だろうがな」

オレとシュラは食事を終え、飯屋を出る。

なんとなく、シュラとの間にあった壁が一つ壊れた気がする。

第十五話　望まぬ航路

オレとシュラは飯屋を離れた後、手分けして〈マザーパンク〉行きの船を探した。

一時間後、飯屋の裏路地で待ち合わせる。オレは手持ち金を超えない額で乗せてくれる船を見つけられなかった。あとはシュラ次第だが……と思って、先に裏路地で待っていたらアシュの方が来た。途中で入れ替わったのだろう。

「お待たせ。

７番港で怖い顔の男の人が一人７０００ｏｕｒｏで乗せてくれるって」

「助かった。オレの方は収穫ナシだ。

予定通り、お前を札に封印して荷物として運ぼう。

そうすればオレ一人分の船賃で済むからな」

「……封印するには、肌を直接殴らないといけないんだよね……」

アシュは眉を細めながら、服を捲り上げてへそを見せてくる。

「優しく、してね。

痛いの、嫌い」

なんだこの罪悪感は。

知らない奴が見たら絶対勘違いするぞ、この状況。

「確かに殴るのが手っ取り早いが、時間をかけて字印を描いてもいいんだよ。

あと字印を付ける場所は腹じゃなくていい！

腕を出してくれ、腕に描きこむから」

アシュはホッと胸を撫でおろした。

◆

「えっと、7番港だよな……」

アシュを封印した後、オレはアシュの言っていた7番港、船着き場へ向かう。背中にはアシュが背負っていたバッグもある。

標識を1から順に追っていき、4、5、6と行ったところで7の数字が見えた。

7番港に停まっていたのはかなりの大型船。内装もそれなりだ。

これが本当にアシュの言ってた船か？　と勘繰る。明らかに7000ouroクラスの船じゃ無い。

しかし、船の乗り場で待ち構えている厳《いか》ついあんちゃんを見て、これがアシュの言っていた船だと確信する。

「これ、〈マザーパンク〉行きの船か？」

「そうだ」

無愛想なあんちゃんがオレの体を観察し、「まぁいいか」と頷く。

なんだろう、品定めされた気分だ。

「数は？」

「一人だ」

「３０００ｏｕｒｏになる」

「ありゃ、そんだけでいいのか？」

「そういう契約だからな」

アシュに聞いていた額の半分以下だ。ラッキー。

オレは財布からコインを取り出し、バンダナを巻いた船員に渡した。

しかしたった３０００ｏｕｒｏで済むとはな。

これならアシュを素っ裸で札に封印することも無かった。いや、金が節約できるんだから、どっちみち封印していた方がお得か。

オレは雑に架かった木の橋を渡り、船に入る。

船にはダンスパーティーが開けるぐらいの大部屋があったが、そこはほとんど埋め尽くされていたため、甲板へ移動する。

潮風が心地よい。

船の先端から見えるのはひたすらの青。太陽の照り返し。

うぅむ、船旅か。船酔いとかするのだろうか、オレは。

「いやぁ、ちょっぴり緊張するねぇ」

軽快な男の声が背後から聞こえた。

振り返ると、羽織を身に着けた、燃え盛る真っ赤な長髪の男が立っていた。

「おたくも船旅は初めてかい？」

同世代、体格はオレより一回り大きい。

矛先を布で縛った槍を携えている。

コイツの顔、間違いない。

オレはこの男を知っている。

オレの居たあの街、ディストールで裏の連中を締め上げていた男だ。確か名前は……。

「——カーズ……」

「ん、名乗ったっけ？」

この男、カーズとは面識はない。だが見たことがある。

一度コイツが喧嘩《けんか》しているところに居合わせた。

相手は20人も居たのに、コイツは無傷で殲滅《せんめつ》した。

殴られても蹴られてもピクリともせず、相手をなぎ倒すさまにオレは心底ビビった。

「〈ディストール〉の有名人だからな」

「そっちはそっちで有名だぜ？　領主の息子を殴った大馬鹿」

あの話、オレの知らない内に結構広まってるのか。

「あれ以来、例のドラ息子はおとなしくなったらしいぞ。

もうちょい暴れてたら俺様が制裁してやったのにな」

「そりゃ、余計なことしちまったか——なっ！？？」

——一閃《いっせん》。

鼻先を槍圧が掠め、呼吸が調律を乱した。

なんの脈絡もなく、話の途中で、赤毛の男は背中の槍で槍撃を繰り出して来た。

なんとか体を仰け反らせ、オレは槍を躱《かわ》した。

「やっぱり躱すか」

「オイオイ、一体どういうつもりだ！」

オレは懐から〝祓〟の札を取り出す。

「俺様には夢があってね。

その夢に、お前が使えるか試させてもらいたい」

「お前さぁ、よく自分勝手だって言われないか？」

「悪い悪い。器用なことは昔から苦手でな。

お前、この前——金髪のガキと戦ったろ？」

コイツ、
前のシュラとの戦いを見てたのか。

「ビックリしたね。

お前らの戦いは俺様の理解を超えていた」

「それで？

自分より強い奴が居るのが許せないって感じか？」

「言ったろ、俺の夢にお前が使えるか試したいと。

あの時は俺も時間がなかったから試せなかったが、今は時間がある。

一つ、手合わせを願いたい」

昔見たカーズは異常な強さを誇っていた。

だがそれは二年前のオレの感想だ。

今の一撃も、シュラの攻撃に比べたら取るに足らない。

「お前、魔力は使えるのか？」

「いんや、使えないぜ」

こりゃ、戦えばほぼ間違いなくオレが勝つ。

仕方ない、暇つぶしに手合わせしてやるか……。

「いいぜ。かかってこい」

「そうこなくっちゃな！」

同時に地面を蹴る。その瞬間に、

「コラぁ！　やめなさい！」


女性の怒号。

オレとカーズは動きを止め、声の方を見る。

騎士然としたドレスアーマー、いかにも真面目そうな青髪ロングの女子が立っていた。

「あなたたち！　こんなところで喧嘩して海にでも落っこちたらどうするつもりですか！」

ピッ、と人差し指を出す。

オレとカーズは互いに〝知り合いか？〟という視線をぶつけ、すぐさまどっちの知り合いでもないことを理解する。

「お嬢さん、乗る船を間違えてないか？
この船は〈シーダスト島《じま》〉行きだぞ」

「〈シーダスト島〉？」

なんだ？　〈シーダスト島〉って……。

「間違えてません！
ぼくも行方不明者捜索に参加する身ですから！」

「捜索!?」

オレは札をしまい、辺りを見渡す。

船に乗っているのは全て武装をした者達。物騒な雰囲気だ。

「待て待て！
これは〈マザーパンク〉行きの船だろ！」

「そりゃ報酬だろ？
捜索に協力したら本来〈マザーパンク〉まで１００００ｏｕｒｏかかる船賃を３００００ｏｕｒｏでいいってな」

なんだと……。

道理で船賃が安いはずだ。

「乗り間違え……？　確かにアシュは7番港に停まってるって……」

「もしかして、運航図表《ダイヤグラム》を間違えたのでは？

確か一時間後に〈マザーパンク〉行きの通常便が出るはずですよ」

だ、だだだダイヤグラムッ！

しまった！　〈ディストール〉から一歩も出てこなかった弊害がここで来たか！

船に慣れてないゆえの痛恨のミス！　つーかアシュの奴、時間も一緒に言っといてくれよ！

「やべぇ！　やっぱオレ降り――」

『出航～～!!』

船長の合図で船が動き出す。

望まぬ航路にオレは身を投じることになった。

第十六話　シーダスト島

さて、まずいことになった。

完全にミスった。

〈シーダスト島〉。

又の名を、〝海の藻屑《もくず》島〟。

この島の魔物は繁殖速度が半端なく、一定期間ごとに大量発生する。

ただ魔物は島から出ないから毒にもクスリにもならない島らしく、普段は放置しているらしい。

だが最近になって人攫いが流行りだし、〝もしかしたらシーダスト島の魔物が攫っているのでは？〟と捜索隊を組むことになったそうだ。

その捜索隊の船に、乗ってしまった。

オレはトイレの個室でアシュが封印された札を持つ。

トイレは穴が空いた木の板が置いてあるだけの簡素な物だ。糞尿《ふんにょう》はそのまま海へポイ式である。

さて、とりあえず事情をアシュに話さなくてはならない。オレは「解封《オープン》」と唱え背中を向ける。

「ム」

ぼん。と白煙が視界に入る。

後ろに感じる気配、解封は成功したようだ。

「もう着いたの？

――ここ、トイレ？」

「ああ、まだ船の中のトイレだ。

すまん、ちょっと面倒なことになった」

オレはアシュに事情を説明する。

アシュは文句ひとつ言わずに状況を飲み込んでくれた。

「うん、別にいいと思う」

「わりぃな。

無駄に寄り道することになっちまったけど……」

「いいよ、人攫いは許せないから、わたしは賛成。

――お姉ちゃんは怒ると思うけど」

ですよね。

「一応、一人分の船賃で乗って来てるから、島に着くまでは札に入っていてくれ」

「わかった」

「島に着いたら人目に付かない場所で解封する」

「うん、わかった」

オレは再びアシュを札に封印する。

◆

「随分長かったな。

デカい方か？」

「下品ですよ！

トイレについて尋ねるのはマナー違反です！」

先ほどの真面目女子とカーズが甲板で待っていた。

この二人、恐らくは非魔術師。魔力の圧を感じない。

他の連中も同様だ。魔術師らしき人間の姿は見えない。

本当にこんな非魔術師だらけの部隊で魔物を討伐できるのか心配になるな。

〈ディストール〉から〈カラス港〉までの道中の魔物は弱かったし、あのレベルなら非魔術師でも倒せるか。

「それで、アンタは誰だ？」

オレは青髪女子に目を合わせ、問いかける。

青髪女子は煌びやかな長髪を揺らし、誇らしげに名乗りだす。

「ぼくはイグナシオ＝ロッソ！

誇り高きロッソ家の騎士です！」

男みたいな名前だ。

誇り高き～とか言ってるから貴族の家だろうか？

「オレはシール＝ゼッタ。

よろしく」

「俺はカーズ＝ガルシオンだ。

よろしくな、イグナ」

「略さないでくださいっ！」

「じゃあ、イグナなっちゃん」

「変な語尾付けないでください！　イグナシオと呼べばいいでしょう！」

「嫌だよ、なげぇし」

「〝イグなっちゃん〟も同じくらい長いでしょう！」

イグナシオ＝ロッソ。腰に据えてるのはレイピアか？

突きに特化した剣だ。文献では見たことあるが実物は初めて見た。

「二人共、魔物討伐の経験はあるのか？」

「おいおい、どうやってここまで来たと思ってるんだ？」

「〈カラス港〉に来るまでに何体か倒してきました！」

「そんな華奢《きゃしゃ》な体で、本当に魔物倒せたのかよ」

「こう見えてあなたより強いですよ。ガキ大将のカーズさん」

「へぇ、言うじゃねぇの」

あらら、仲の悪い。

でもこういう奴らに限って、ちょっと時間が経つとくっついたりするんだよなー。

「シール、提案があるんだが」
「なんだ？」
「俺とチームを組んで魔物を狩らないか？
オレの狙いは魔物の素材だからな。売っぱらって旅の資金にするんだ。
一人より二人の方が効率が良い」
魔物の素材を売って資金集めか。
それ自体は悪くないな。だが――
「断る。
ちょい事情があってな」
「そうかい。
そりゃ残念」
島に降りたらアシュもしくはシュラの力を借りる。戦力は十分だ。
非魔術師と組めば最悪足手まといになるし、手を組む必要性はまったくないな。
「さっそく徒党を組もうとするとは、
さすがはガキ大将ですね。一人じゃなにもできない」
「おぉっと、すげぇ喧嘩売って来るな。
島に降りたら後ろに気をつけろよ。隙見せたら犯してやる」
「おかっ……!?
あ、あなたほど下品な人は見たことがありません！」

「上品になりゃ強くなれるなら、喜んで品のある人間になるさ。礼儀やマナーなんてクソの役にも立たねえ。人間に必要なのは流儀と矜持《きょうじ》だぜ、お嬢さん」

「あなたがそれを語りますか!? さっき犯すだのなんだのと言っていた癖に……！」

やばい、また喧嘩になる。というところで、青の景色に緑が浮かんだ。

島だ。

思っていたより大きい。街一つ分はある樹海島だ。

『着いたぞ！ さぁ降りた降りたぁ！』

◆

オレ達は砂浜の上に降ろされた。背後には乗って来た船が浮かんでいる。

砂浜に並び立つ面々は見た目だけならインパクト抜群だ。どいつもこいつもオレより一回り二回り体が大きい。男女比は9：1ってとこかな。5、6人女性の姿は見える。総勢は50数名だろう。

この捜索隊のリーダー、船長の男は船からオレ達を見下ろし、声を大きく発する。

「捜索は東と西、二手に分かれて行う！ 両端から順に探していき、中央で落ち合うぞ！」

人探しが目的の奴も居れば、〈マザーパンク〉に行くのが目的の奴も居る。そんで魔物の素材目当ての奴も居るのか。

見渡してみるとちらほら萎《しぼ》んだバッグを持った商人が居る。魔物を解体して〈マザーパンク〉で売っていくのだろう。

捜索隊は人数が均等になるように東と西で分かれた。オレとイグナシオは東側、カーズは西側だ。

「まったく、面倒なことになったな……」

――『すみません……この子を見つけたら連絡を』

カラス港に居た母親の姿を思い出し、オレは表情を引き締める。

思わぬ展開だが、手を抜くわけにはいかないな。

「このカーズ様が一番多く魔物の首をあげてやる」

「ロッソの名に懸けて、行方不明者を探し出して見せます！」

オレ達は出発の合図を待つ。

「じゃあこれより、〈シーダスト島〉の捜索を始める!!」

一斉に動き出す猛者《もさ》たちだったが……オレも含め、全員が一斉に足を止めた。

「――ッ!?」

「そんな……」

背後で爆音が響いた。

振り返るとそこには煙を上げ、炎に包まれながら沈没していく船の姿。

一番初めに、退路が息を止めた。

――『寄り道はしないようにね。まっすぐ〈マザーパンク〉に向かうといい』

あの音痴吟遊詩人、ソナタ＝キャンベルの言葉を、なぜかオレは思い出す。

第十七話　ド変態

「おいおい、マジかよ……」
燃え盛る船は海水に浸かり、ガラクタへと姿を変えていく。
魔物の仕業か？
炎を操る魔物か、それとも別の何かか。
間違いなく言えるのはあの大船を一瞬で沈められる外敵が居ること。
『お、俺達の船が……』
『どーやって帰るんだよ！』
『くそっ！　ふざけやがって――』
動揺する面々。
誰もが船に目を奪われていた、その時だった。
『ケケッ！』
オレの側を数匹の影が通った。
スッとポケットから重みが無くなる。
「なんだ!?」

オレは影を追い、その姿を見る。

『ケケッ!』

紫色の小さな鬼。トゲトゲの尻尾が嬉しそうに舞ってやがる。

小鬼の手にはオレが懐にしまっていた財布と――札。

「――あ」

盗まれた札の大半は魔法陣が描かれただけの空っぽの紙きれだったが、その中に〝命〟と書かれた札がある。

〝命〟の札はアシュを封印した札だ。文字は後でなにを封印したかわかるようにオレが付けた目印である。

小鬼たちはアシュの封印された札をヒラヒラと振り、ゲラゲラと笑いながら森の方へ散っていった。

「ばっっっか野郎!!

その札にはアシュが――」

ざざっと無数の小鬼たちがオレの視界に入っていく。

小鬼はそれぞれ荷物を持っていた。

『テメェ、返しやがれ!』

『そんなかには財布も入ってんだぞ!

クソ鬼どもが!!』

オレだけじゃない。他の連中も荷物を盗まれたようだ。

小鬼を追う捜索者たち。
オレはふと、足を止めた。
小鬼たちはそれぞれ、別のルートで森に入っていく。分散していく。
もうオレの札を盗んだ小鬼の姿は見えない。
小鬼たちを追うように捜索者たちも分散していく。
船への爆撃、船に目を奪われている間に行《おこな》われた盗み。
そして盗んだ荷物を持って分散していく小鬼——
「——まずい」
奴らの狙いは荷物だけじゃない。
オレ達の——捜索隊の戦力の分散！
——頭の働く奴が居る。
「ダメだ！　追うなっ!!
これは罠だ！」
叫んだ声は届かなかった。
嫌な感じだ。
「ったく！
マジで面倒なことになったぜ」
アシュは心配だがひとまず荷物は後回しだ。
あの姉妹は一人でいくらでも魔物を蹴散らせる。

心配なのは非魔術師の奴らだ。

なんの準備もなしにこれだけの動きをできる魔物に対抗できるとは思えない。

「一人ずつ、回収するしかねぇか」

オレは目についた大きな足跡を追う。

◆

足跡は血だまりで途絶えていた。血を辿ると、赤黒い塊が見えた。

見るもおぞましい、噛み跡だらけの死体。筋肉質の男の死体だ。

「テメェがやったのか？」

死体の側に立つ、真っ赤な瞳の馬。

馬の体からは人間の手が伸びており、頬には人間の口が馬の口を挟んで左右に付いている。

醜悪。

シンプルに気色が悪い。

真っ赤な瞳の馬は三つの口をパクパクと動かした。

「【あ、あい、あいう――あいうえ、お】」

唾液の絡んだ、粘っこい男の声。

「冗談だろ……」

今のは――言葉か？

――『人を100人と飲めば魔物は人の言葉を覚え、人並みの思考を持つことができる。そういった魔物を私は〈人魔《ジンマ》〉と呼んでいる』

爺さんの言葉を思い出す。

コイツは人を喰っている。恐らく初めての捕食じゃない。

これ以上人間を喰っていったらいずれ――

「こりゃ、ここで確実に殺しておかないとな」

オレはズボンの右ポケットから〝祓〟と書かれた札を取り出し、指に挟む。

「解封《オープン》。――〝ルッタ〟」

冥土送りの短剣を手に取り、剣先を馬の魔物に向けた。

「【だ、だぁ、れ？　だ、ぁ、れ！】」

土を蹴り上げ、魔物が接近してくる。

さすがは馬、中々に素早い。けど、シュラには遠く及ばない。

赤い魔力を足にタメて飛び、右方向の木を足場に馬の側面に回り込む。

そのまま蹴りを馬の腹に当てようとするが、体から生え出た人間の腕に防御された。

「【ざ、ざ、ざんねん……】」

「しる、かよ――！」

ボキボキ、と馬の体から生えた腕が折れる。

オレは腕の防御もお構いなしに馬を蹴り飛ばした。短剣を逆手に持ち替え、倒れた馬に追い打ちをかける。

丁寧に、一本一本生え出た腕を処理し、馬の首へ焦点を合わせた。

「――ッ!?」

地面――いや、馬の体から緑色の球が浮かび上がった。

雪のようなそれは突風へと姿を変える。

「こいつは、形成の魔力――！」

反応が遅れた。

初めて身に受ける魔術、突風。

オレは受け身を捨て、吹き飛ばされながらも馬の首に短剣の一撃をくらわせるが、浅い。命には届かなかった。

背後の木に背中を打ち付ける。ダメージは少ない、すぐに起き上がる――

「ちっ」

馬の魔物の姿はなくなっていた。

――追うか。

足跡は残っている。

あれは野放しにするとヤバい気がする。

『ケケッ！』

「あん？」

背後から小さな足音。

小鬼だ。飾り気のないリュックを持っている。誰かの荷物か。

オレは無視するわけにもいかず、三匹の小鬼を短剣で切り裂いた。弱い。軽く振っただけで死んだ。素早さだけが取り柄か。

「——今からあの魔物を追うのは難しいな」

たった数秒のロスだが、あの脚を追いかけるには大きな時間のロスだった。

仕方ない。だが悪くない展開だ。誰のかは知らんが荷物を手に入れた。

食料があれば及第点、飲み物も揃ってれば最高。

オレは小鬼が持ってきた荷物を開け、ゴソゴソと探る。

「ん？」

手に付いた柔らかい布の感触。

オレは布を取り出し、丁寧に両手で開く。

「こここ、これは——!?」

黒いパンツだった。

布地がほとんどない、紐のような女のパンツだ。かなり際どい。

「うわぁ……ド変態じゃねぇか、こんなの穿く奴」

「あ、あぁ……！」

またもや背後に足音。

女性のわなわなとした声が聞こえる。

ん？　この声、まさか——

「小鬼を追って来たら、どうして貴方がぼくの下着を持っているのですか……？

しかも、そんな広げて……」

イグナシオ＝ロッソ。

船で会った真面目女だ。

「え？　このド変態パンツお前の……」

「――っ!?」

「あぁ、いや違う！

言葉の綾《あや》だ！　えっと、素敵なパンツだな。

オレは悪くないと思うぜ、こういうの……な？」

イグナシオの肩が震える。

しかしこんな真面目そうな顔してこんなド変態パンツを……やっぱアレか、一見おとなしそうな奴に限って性欲《そういう》の強いって言うもんな。

オレがパンツを観察していると、イグナシオは顔を真紅に染めてオレを睨んだ。

――シュン。と鉄が擦れる音。

イグナシオはレイピアを抜刀してオレに向けた。

「け、ケダモノめ……！」

「ちょ、ちょっと待てよ。

なんでレイピアをオレに向けてるんだ？」

レイピアの突きが、頬を掠める。

「話を聞け――って!?

突きを繰り出すのをやめろ!!」

「問答無用です！」

その後、攻撃を躱しながら説得すること10分。ようやくイグナシオは刃《やいば》を収めた。

第十八話　棺

「先ほどは取り乱してしまい申し訳ございません！

荷物を取り戻していただきありがとうございました！」

イグナシオは荷物を取り戻したことに対し、礼を言ってきた。

どうやらオレがパンツを広げているのを見て、オレが小鬼たちのリーダーだと勘違いしたそうだ。

アホみたいな勘違いだが、積み重なる謎の出来事が彼女をパニック状態にしていたようだから、この件については許すことにした。

「イグナシオ。

お前は多分、浜辺を迂回してから森に入っただろ。

つーか、小鬼がそういう動きをしたはずだ」

「は、はい……よくわかりましたね」

「遠回りしなきゃ、寄り道していたオレと接触するはずがないからな」

オレは腰を落とし、地面に円を描く。

「この円が島だとして、俺達の現在地は南東のここだ」

船が着いた場所が島の南。

そして、

「お前と小鬼は東側の浜辺から南東部を通って、西に向かっていた」

「小鬼が向かっていた場所は南西ですね」

「そう。多分奴らの巣もそこにある。

さっき小鬼が分散したルートも西側に偏っていた。

巣にオレ達をおびきだし、罠に嵌めるために」

イグナシオの顔から血の気が失せていく。

先ほど、イグナシオは馬の魔物に喰い散らかされた死体を見ている。アレが脳をよぎったのだろう。

もし、オレが小鬼をたまたま倒していなければイグナシオは小鬼を深追いし――罠に嵌められ無残なことになっていた。あの死体のように……。

「相手の戦力は想像の遥か上だな。

他の奴らは無事じゃないだろう……」

「そ、そんな……まだわからないじゃないですか！

は、早く巣に向かって魔物を殲滅しましょう！」

「オレも巣を叩くのは賛成だ。

人魔になりかけの奴が居た……アレはこの島にオレ達が来る前にも人間を喰らっていただろう。

恐らくは、港の人間を攫って。

九割方、奴らが人攫いの正体だ」

「ならば——！」

「だけど無策で突っ込んでも返り討ちに遭うだけだ」

せめて、相手の巣の情報と戦力を把握できないと。

「とりあえず一度浜辺に戻るか。誰か居るかもしれない」

「わかりました……従います。

どうやらアナタの方が冷静みたいですね」

正直、状況は最悪だ。

完全に後手。敵陣のど真ん中で味方は一人。主力選手であるアシュラ姉妹が敵に奪われている。

この状況を打破するためには、やっぱり札を取り返すしかない。

アシュとシュラだ。アイツらが居れば状況は幾分かマシになる。さっきの馬の魔物だってシュラなら瞬殺できただろうし、オレより経験も多く積んでるから頼りになる。

生存者の確保↓生存者を安全な場所に隔離↓情報収集↓使える戦力で荷物を奪還。

とりあえずこれだな。

「シール。

君、実力の程はどれくらいですか？」

「ん？

まぁ、実戦経験があまりないから何とも言えないな……」

「そうですか。

ならぼくの後ろに隠れてください。

ロッソの名に懸けて、君はぼくが守ります！」

胸を張るイグナシオ。

守ります、か。

「イグナシオ。お前、魔力は使えるか？」

「魔力？　存在は知っていますが、使えはしません」

魔力なしでどこまで戦えるか……。

オレとイグナシオは森を歩く。

イグナシオが先頭で、物音一つ一つに神経を研ぎ澄まして南へ進んでいく。

足運びとか、周囲の警戒の仕方が手慣れている感じだ。

「シール、さがってください」

狼の魔物、狼魔《ファング》。

涎《よだれ》を垂らし、三匹で足を合わせながら近づいてきている。

さて、お手並み拝見。

念のため、ルッタを握って戦闘態勢に入っておく。

ジリジリと相手との間合いを測りながら歩み寄る両者。

先に仕掛けたのは狼魔《ファング》だった。

大きく口を開け、イグナシオに飛び掛かる狼魔《ファング》と、飛び掛かった狼魔《ファング》を囮《おとり》にイグナシオの両側面に回る残り二匹。三方向からの攻撃。

一方イグナシオは……静かに、レイピアの先端を正面に向けた。

「――〝一歩突撃《アン＝トウシュ》〟」

レイピアから放たれる見惚《みほ》れるほど綺麗な突きが正面の狼魔《ファング》の喉を貫いた。

突きを放ったイグナシオの両側面から狼魔《ファング》の爪が迫る。

「〝防御態勢《パラード》〟」

イグナシオは側面から迫る二匹の狼魔《ファング》の爪を、レイピアの腹で音もなく逸らした。

攻撃を軽く逸らされ、空中で唖然《あぜん》とする狼魔《ファング》に、不可避の追撃《突き》が放たれた。

「〝迎撃《リポスト》〟」

鮮やか。

オレは思わず「お見事……」と口にした。

狼魔《ファング》三匹の荒々しい攻撃を、最小限の動きでいなした彼女は掛け値なしに美しかった。

「どうですか。これがロッソ家に伝わる〝柔〟の剣技――〈静かなる流技《フラックススタティックス》〉」

〈静かなる流技《フラックススタティックス》〉か……。

明日には忘れてそうな名前だ。

「防御、返し技、突き。この三つの要素で成り立つ最強の剣技です！」

自慢げに語るイグナシオ。

オレは一抹の不安を覚える。

――素晴らしい剣技だ。

これに嘘はない。

だが、いくら剣技が凄くても身体能力が低すぎて話にならない。

魔力抜きの身体能力ならオレよりイグナシオの方が上だ。だが、魔力を含めたら話にならない程オレの方が上に来る。

もっと言えば、さっき戦った馬の魔物の身体能力にイグナシオは遠く及ばない。

もしもシュラがイグナシオの相手をすれば、欠伸《あくび》をしながらレイピアの突きを白《しら》刃《は》取《ど》りしただろう。

雑魚の魔物相手なら問題ない。

ギリギリ戦力外では――ないか。

まだ全力を出しているとは限らないし、評価を固めるのは早いな。

◆

オレたちが降ろされた南の浜辺に着いた。

船の残骸が海面に浮かんでいる。オレとイグナシオは周囲を見渡すが、気配はなかった。

「誰も居ませんね……」

「いや、そんなことも無さそうだぞ。

見てみろ」

オレは砂の地面を指さす。

浜辺の砂に人の足跡がある。その足跡はすぐ右の岩場の影に続いていた。

足跡が大きい。恐らく男だろう。

オレとイグナシオは岩場へ向かう。オレは前に立ち、岩に手を乗せ、ひんやりとした感触が返ってくると同時に身を乗り出して影を覗いた。

そこに居たのは身を屈《かが》めて何かを観察する赤毛の男だった。

「げっ」

イグナシオが嫌そうな声を出す。

「――ようカーズ」

「お！　戻って来たか。お二人さん」

「なに見てんだ？　宝物でもあったのか」

「あぁ、あったぜ。ほれ、こいつだ」

赤毛の男――カーズが手招きする。

オレは首をひねりながら歩み寄る。

カーズの影に隠れていたのは黒い物体。

――棺《ひつぎ》だ。

「棺……ですね」

「偶然、見つけてな。

海に流されたんだろうな。それにしちゃ、錆《さび》の一つも見つからない。

なんか気になるんだよなー、これ」

棺、真っ黒な棺だ。傷一つない。

オレは棺そのものより、その棺の蓋に張り付いた物に釘付けになっていた。

「コイツは……！」

長方形の、見慣れた印が付けられた白い紙きれ。

札だ。

それも間違いなく、封印術に使われた札だ。二枚貼ってある。

どちらの札も半分に割れていた。一枚の札はオレがよく知っている円形の印が付けてある。基本封印術の字印。

だが、もう一つの札には五角形の見慣れない字印が描いてあった。

これは、札に直接封印する術式じゃ無いな。

興味深い。オレの知らない封印術だ。

「どうした大将、なにか気になるモンでもあったか？」

「まぁな」

オレは棺に張り付いた丸い字印の付いた方の札を観察する。

「〝レイズ＝ロウ＝アンプルール〟……」

札に書き込まれた名前を口にする。

何者かが封印されていた跡。

五角形の札はオレが知らない筆跡だ。だが、もう一枚の円形の字印、この字の感じは間違いなく——爺さんだ。

オレは五角形の字印が描かれた札を試しに触ってみる。

「ぬおっ!?」

ピリ……と魔力が抜ける感覚があった。

なるほど～、なるほどね～。そういう仕組みか。だとしたら、コレに封印されていた奴は魔力をほとんど絞り上げられているな。

この封印はどちらも完全に解かれている。

爺さんが封印した何かが、この島には居るのかもしれない。

爺さんが死んだことで封印が解かれ、覚醒したと考えるのが妥当だろう。

——『実は……ひと月前から姿が見えなくて……』

攫われた娘を探す母親は確かにそう言っていた。

ひと月前……。

一つの、仮説が頭に浮かぶ。

ひと月前と言えば、爺さんがこの世を去った時期だ。

爺さんが死に、〝レイズ＝ロウ＝アンプルール〟とかいう奴が表に出た。そんで、そいつが人攫いを——ってのは考えすぎか。

いや、可能性としては十分あり得る。

「どうやらこれは、封印術師シール＝ゼッタの初仕事になりそうだな」
――『爺さんがやり残した20点分の未練――オレがなんとかするよ』

爺さんの20点分の未練、その内訳をオレは知らない。
だけどきっと、その20点全てではないとは思うが、棺《これ》も未練の内の一つなのだろう。
この島に来たのは偶然じゃないのかもしれない。
封印しなくちゃいけない存在がここに居る。
「そんな棺どうでもいいじゃありませんか。
早く他の生存者を探しに行きましょう！」
「生存者がどこに居るかは知らんが、
敵の本拠地はさっき見つけたぜ。
小鬼の後をつけてな」
カーズは立ち上がり、首を鳴らした。
「隠れられそうな場所もおさえてある。見学に行くか？」
「当然！
行くに決まっている」

第十九話　退屈な考え

「どうだ？」

「……。」

敵の本拠地に向かう途中で、魔物と会敵《かいてき》した。

先ほどイグナシオが戦ったのと同じ種類の狼魔《ファング》。カーズは『見ててくれ』とオレとイグナシオを制止し、一人で狼魔《ファング》と戦った。

イグナシオが〝柔〟ならカーズは〝剛〟。

粗削りだが力強い槍さばきで狼魔《ファング》を圧倒した。

コイツら、魔力を扱えるようになれば物凄く強くなるんだろうな。

あくまで、扱えるようになればだが。

「その顔でもうわかるぜ。

やっぱお前には及ばないか」

カーズはオレが何も言わずとも、オレの考えていることがわかったみたいだ。

「やっぱお前がこのチームの大将だな」

「異存ありません。

シールは的確な判断ができる人です」

「ならしっかりオレの指示に従ってくれよ、問題児諸君」

カーズの案内に従い、オレ達は藪《やぶ》をかき分けながら森を進む。

この島は暑い。それに滑《ぬめ》っとしている。油のような汗がにじみ出る……。

◆

オレ達は隠れながら、できるだけ戦闘は避けて敵の巣へ向かうことにした。

とは言っても、先ほど戦った狼魔《ファング》のように鼻の利く相手はどうしようもない。だからオレ達は自然の力に頼った。

〝ハイディンググローブ〟という樹がある。

この樹の葉の裏側には接着剤のように引っ付く樹液が付いている。

オレ達はその樹の葉を全身にくっ付け、緑と同化した。

その後で体の臭いを消すために土を全身に被った。

〝ハイディンググローブ〟の情報と身体の臭いの消し方、共にカーズの知恵である。

「一体この知識を何に使ったのですか？」

「そこは触れない方がいいと思うぜ、イグなっちゃん」

オレ達は隠密行動で敵集落へ向かう。

途中、魔物を目視したが草木に同化したらバレなかった。警備はザルだ。

細心の注意を払い、オレ達は集落付近の高台の草陰にたどり着いた。

上から魔物たちの巣、集落を見渡す。

「見張り台が東西南北に一つずつ。

真ん中に大きな一軒家が一つと、その後ろに三列の建物か」

「南の見張り台の側に小屋が一つありますね……」

それにしてもまぁ……。

「普通に家作ってやがるぜ、魔物がよ」

「どうするシール。

正面突破か？」

「いいや、魔物の数もそうだが明らかにヤバそうなのが一匹いるからな～」

中央の一軒家。その前に門番のように立つ〝髭巨人《トロール》〟。その身長は辺りを囲む大木を凌駕する。

全身に緑の毛を纏っているから近づくまで巨人だとは気づかなかった。

しかも東の見張り台の足元にオレが戦った馬の魔物が居やがる。

あの二体を同時に相手取るのは厳しそうだ。

「見てください！

南の小屋に鞄を持った小鬼が……」

「ビンゴ。

あそこにオレたちの荷物もありそうだな……」

問題はどうやってあそこまで侵入するかだ。

オレが作戦を練っていると、中央の一軒家の大きな扉が開いた。

「なんだなんだぁ？」

「しっ！　なにか出てきます……」

カタカタ、と響く音。

オレは一瞬で理解する。

「やべぇな……」

気づいたら足が震えていた。

――存在してはならぬ者が居る。

封印術師としての直感か？

とにかく嫌な感じだ。早く蓋をして、その激臭を封じ込めたい。

華美な一軒家の扉から、人間の骨のような物で構築された玉座《ぎょくざ》に乗って、そいつは現れた。

玉座の底には人間の足の骨のようなものがついており、カタカタと歩を刻んで玉座を動かしている。

紫の長髪。

赤い瞳。

左半身が骨。

両手両足二本ずつ。人型だ。結構背丈がある、カーズよりひとまわり大きい。

だがあの左半身を見るに人間ではない。骨の悪魔といえば〝骨魔《スケルトン》〟。それに近い存在だろう。

上半身には王様が着るようなマントを羽織り、下半身は破れ破れの長ズボン。

「なんだありゃ？」

「魔物……ですかね」

〝骨魔《スケルトン》〟もどきが現れると、理性のないはずの魔物たちが彼の周りを囲むように整列を始めた。

異様な空気感。

奴より遥かに巨大な髭巨人《トロール》までも膝を折って頭を下げている。

〝骨魔《スケルトン》〟もどきは人間のような動作で手を叩き、魔物たちを鎮める。そして、〝骨魔《スケルトン》〟もどきは喉を鳴らし、

「ようやくこの時が来たっっ！！！」

と、声を跳ねあがらせる。

「あの忌々しき封印術師、バルハ＝ゼッタとサーウルス＝ロッソ……！

奴らに封印され、九十年、ようやく余は封印から解放された！」

言葉の一つ一つが魂に響く……！

「バルハ＝ゼッタ……」

「サーウルス＝ロッソ……」

オレとイグナシオは目を合わせる。

バルハ＝ゼッタ、爺さんは知っているがサーウルスとかいう奴は知らない。だがイグナシオはこの名に反応していた。そういえば、ファミリーネームが一緒だな。血縁者か？

「私は奴ら封印術師に復讐するっ！

今は手駒も魔力も長い封印のせいでほとんど無いが、ここからだ！　ここから余の覇道は再び歩《ほ》

を刻む！　まずは人間を１０００と喰らい、魔力を蓄える。そして海を渡り！　海辺の町を侵略する！　屍帝《してい》〝レイズ＝ロウ＝アンプルール〟の名の下に、奴ら人間を蹂躙《じゅうりん》する!!」

屍帝——

〝レイズ＝ロウ＝アンプルール〟……アイツが、棺に封印されていた存在か。

普通に言葉を喋ってるし、人魔なのだろう。

理性のない魔物たちが全員ビビり散らしている。

アイツが、この島の王か。

「よし、では記念すべき五百匹目の食事を始めようか……！」

中央の一軒家、そこから麻袋が小鬼の群れによって屍帝の前に運ばれてくる。

麻袋はぐねぐねとうねっている。中に入っている何かが暴れているのだろうか？

オレとカーズ、イグナシオは袋の中から出て来たモノを見て、戦慄する。

「んー！　んー!!」

「——っ!?

マジかよ……！」

麻袋の紐が小鬼によって解かれ、中から口と手と足を結ばれた女性が出てきた。

薄緑のショートカットの少女だ。船の中であんな可愛い子見た記憶がないが……彼女の口紐が小鬼によって解かれた。

「――いや、助けて……！」

少女は鼻水を垂らし、涙を流して懇願する。

屍帝は少女の肌を眺め、「貴様」と小鬼を睨んだ。

「肌に噛み跡が付いているぞ？」

ギクリ、と小鬼の肩が震える。

「小鬼風情が……余の馳走《ちそう》に舌を這わせるなど、許せるものではないな……！」

屍帝の頬が裂け、口が大きく開かれる。ブタをも丸飲みにできそうなぐらい裂け伸びた屍帝の口は小鬼の全身を吸い込み、喉を小鬼サイズに膨らませ、腹まで落として消化し、元の人型に戻った。

『……っ!?』

オレとカーズとイグナシオは戦慄する。魔物すら丸飲みにする正真正銘の化物に。

「人間のみならず、貴様らも捕食対象ということを忘れるな！

余の機嫌を損なえば、今の小鬼と同じ運命を辿ると知れ」

魔物たちが真に服従する様を見た。

屍帝が人差し指を立てる。すると黄色の風が地面に注ぎこまれ、地面から人型の骸骨が現れた。

「今の感じ……」

一瞬、黄色のオーラが見えた気がした。


――支配の魔力。

骸骨が少女の体を持ち上げる。

「……行くぞ」

「わかってます」

即断で、息を合わせて飛び出ようとするカーズとイグナシオ。

オレは二人の肩を摑んで止める。

「——ちっ！　なんだよシール！」

「なにを考えてるんだ！　こんな敵陣地の真ん中に飛び出してみろ、即死だ！」

「じゃあ、あの女の子を見殺しにする気ですか？

あの骨人間は食事を始めると言ってました。喰う気ですよ、今から、あの子を！」

「わかってる。仕方ねぇだろ……この状況じゃ、救える命には限りがある」

そうだ、全部丸く収められるほど、オレ達は強くない。

戦力が少なすぎる。

「ですが……！」

反抗するイグナシオと反対に、カーズはおとなしくさがった。

「今、このチームで一番強いのはお前だ。

お前の決定に従うよ、シール」

試すような瞳で、カーズは言う。

「——これでいい。

あの野郎、どうも嫌な感じがする。無策で相手すべきじゃない」

いいだろ。いいはずだ。

「たすけ……！　いや、死にたくないっ!!」

可愛らしい顔が次第に歪《ゆが》んでいく。

屍帝は地面から生え出た骨の剣を持ち、構えた。

「シール……！」

イグナシオの訴えかける瞳。

「誰か……誰か助けてっ!!」

無視だ無視。相手にするな。オレの判断は間違っていない。

間違ってないだろ、今出れば全滅間違いなしだ。

胸の内に、濁った罪悪感が生まれる。

オレは間違った判断をしていない。１００人中、99人がオレの判断を支持するだろう。

「――!?」

「……っ!!」

たまたま。

たまたま、目が合ってしまった。

必死に助けを求める瞳と目が合ってしまった。

「たすけてえええええええええええええええつつ！！！！！！」

〝誰かに〟、向けた声じゃない。

〝オレに〟、向けた声だった。

「……くそ」

１００人中、99人がオレの判断を支持するだろう……だが、一人は、オレを責めるような目で見てくるだろう。

あの人なら――

『……多くの巨悪を封じるために、
大切な誰かを守るために、
助けを求める人間を……助けるために』

いつか、オレが爺さんに『なんで封印術師になった？』と聞いた時、あの人はこう答えていた。

無視するのが安全安定な策。

ここは息を潜めて、少女は見殺しにして次の機会を窺《うかが》う――か。

なんて、

「なんて、退屈な考えだ……」

なんでオレは封印術師になった？　――決まってんだろ、退屈が嫌いだからだ。

退屈な話なんて、オレの人生ノートには必要ない。

――飛び込め、少しでも面白い方へ……！

「——**解封**《オープン》、獅鉄槍《してつそう》ッ！」

第二十話　死のトライアングル

〝獅〟と書かれた札が赤く光り、内から青き長槍を吐き出す。
オレは槍を右手に取り、後ろに引いた。
「――ッ！
の、び、ろ!!」
赤と緑の魔力を槍に込め、槍を伸ばす。
獅鉄槍は緑の魔力を込めると柄が伸び、赤の魔力を込めれば強度を維持できる。
強く伸びた槍の矛先が屍帝の剣を持つ手、生身の右手を側面から貫いた。
赤い血が舞い、骨の剣が地面に落ちる。
「む？
不届きな者が居るな……」
骨の王様は眉一つ動かさず、オレをチラリと見た。
ゾ……と、背筋に冷気が走る。
やっぱり、他の周りにいる魔物どもとは比べ物にならない化物だ。
オレは奴に警戒を向けながら、草陰から一歩前に出る。

「なんだよ大将、結局こうすんじゃねぇか！」

「シールッ！」

嬉しそうな顔でこっちを見る馬鹿二人。

まったく、状況がわかってるのか？　コイツらは。


——しかし、なんだ……迷いが消えた分、体が軽いな。


「オレがあの女の子をここまで投げ飛ばす。

お前らは女の子を受け取ったら南部の海辺で待っていてくれ！」

「女の子を助けた後、お前はどうすんだ？」

「魔物を引き付けたあと逃げるよ」

オレは高台から滑り落ちる。

「な、なにか策はあるんですか！」

イグナシオの心配そうな声。

オレは苦笑いする。

「ねぇよ！　アドリブで作るさ！」

赤い魔力で脚に固め、地面に座り込む女の子へ向かって全速で走り出す。

前を塞ぐ雑魚の群れ。オレは獅鉄槍で魔物どもをなぎ倒し、女の子を右腕で抱える。

「あっ……あっ……！」

「喋るな！　舌噛むぞ！」

一回転助走をつけて女の子を高台に居るカーズのとこまで投げ飛ばす。

カーズが女の子をキャッチしたのを見て、オレは自分の生存に集中する。

――警戒すべきは三体。

人魔のなりかけ、馬の怪物。仮に悪魔馬《オロボス》とでも名付けようか。

緑色の体毛に身を包み、立ち上がれば森から顔が出るほどの巨人、髭巨人《トロール》。

そんで、恐らくはこの島の親玉、屍帝。

一番警戒すべきは間違いなく骨の奴。だが奴はオレを目の前にして、呑気《のんき》に玉座に座りやがった。

「よいぞ。余は手を出さん。

足掻《あが》いて見せろ、生物《イキモノ》」

「そりゃ、助かるな……」

殺意・圧力が消えた。マジで手を出さないつもりだな。

お言葉に甘えて、二体に警戒を絞る。

悪魔馬《オロボス》はまだオレに狙いを定めていない。〝髭巨人《トロール》〟は……。

「おっと……！」

巨大な丸い影が地面に映る。

上を見上げると、〝髭巨人《トロール》〟が足を上げ、オレを踏みつけようとしていた。

「冗談キツイな！」

〝髭巨人《トロール》〟は足を踏み下ろす。

オレは寸前で走り抜け、躱すが、同時に悪魔馬《オロボス》が緑の粒子を溜めてこちらを捕捉していた。

「まずい。いや……」

閃《ひらめ》く勝機《名案》。

オレはこの集落の地形を思い出し、方角をあの位置へ合わせる。

空気がうねる。

悪魔馬《オロボス》が作り出した緑の粒子が突風へと変わる。規模が以前に見た時より遥かに大きい。オレはタイミングを合わせて大きく右に跳ねた。

駆け抜ける突風。

突風は風の刃となってオレの背後にあった小屋に激突する。そう……小鬼が荷物を運んでいた小屋に。

あの風の威力なら小屋の中にある物体は全てビリビリに破けている。つまり、アシュが封印された札も破壊されたはずだ。もし本当にあの小屋にオレの荷物があったならばな。

「アシュゥッ！！！！

魔物に囲まれてる大ピンチ！

助けてくれぇ！！！！」

頭に思い浮かんだ単語を文脈を無視して並べる。

髭巨人《トロール》が腕を振り上げた。その時、オレは視線を髭巨人《トロール》に集中させた。

——ひゅいん。と風が抜ける音がした。

悪魔馬《オロボス》が想定よりも早く、次の風魔術を作り出していた。

「しまっ――」

オレは反射的に赤の魔力で全身を固める。

風が肌と服を裂く。ダメージは薄い。すぐさま立て直そうとしたところで、オレは足を骨の腕に摑まれていることに気づいた。

オレは屍帝の方に目を向ける。奴は右手を前に出し、黄色のオーラを醸し出していた。

「余は、手を出さんと言った……」

「クソ野郎が……！」

手の槍で骨を冷静に処理する。

「ふん。ここまでのようだな」

ぐおん。と大気が狂う音が聞こえた。

気づいたら、目の前に巨大な緑色の拳が迫っていた。

――詰んだ。

もう防御は間に合わない。

無謀だった。

無茶だった。

ここで、オレの人生ノートは幕を閉じるのか。

「――」

一秒、二秒、三秒。

オレが諦めてから三秒経過。まだオレの息がある。

「ほう？」

骨野郎の感心したかのような声が聞こえた。

オレはうっすらと瞼を開く。すると裸の少女の背中が見えた。

「アシュ……か？」

オレが問うと、イライラした声が返事する。

「アシュじゃない――シュラよ!!」

オレは目をはっきりと見開き、正面を見る。

巨大な拳を、小柄な少女が両手で止めている。金色の長髪を振り乱しながら……。

「解封して、すぐに変身したのか……」

「アンタ……！
あとで絶対ボコすから！　山ほど文句がある！
でもまずはコイツが先よ！　――うらぁ!!」

シュラが髭巨人《トロール》の拳を地面に流す。

そのままシュラは髭巨人《トロール》の右腕を駆け、拳に魔力を溜める。背景が歪むほどの赤い魔力が収束する。

シュラは緋《ひ》色《いろ》に輝く右拳を髭巨人《トロール》の顔面目掛けて振るった。

「見下ろすな木偶《でく》の棒！！！」

ゴォオン！　と地鳴りに似た音が響く。

シュラに顔面を殴られた髭巨人《トロール》はその衝撃に耐えきれず、背中から森林に倒れこんだ。

いやぁ、シュラ姐《ねえ》さん、さすがです。

オレが女だったら絶対惚れてたな。

シュラはオレのすぐ前に着地する。

「一挙前進せよ」

屍帝の命令で一斉に襲い掛かってくる魔物の群れ。

オレとシュラは魔物の軍勢の最前列を処理した後、距離を取った。

「逃げるわよ！　さすがに多すぎる！」

「わかった。じゃあオレに抱き着いてくれ！　シュラ！」

オレは両腕を広げる。

「了解！

——はぁ!?　何言ってんの!?」

シュラが頬を染めてジトーッとオレを睨んできた。

「いいから、作戦がある！」

「で、でも！

い、いま私恰好が……裸だし……」

「時間がない！　早くしてくれ！」

シュラは「あぁもう！」とオレの胸にダイブした。

シュラを抱きしめ、
オレは獅鉄槍の石突《いしづき》（柄の頭）を斜めに地面に向ける。

「シュラ！

ありったけの赤魔をこの槍に込めてくれ！」

シュラが右手でオレの肩を摑み、左手で槍を握る。

「まったく……わかったわよ！」

オレはシュラを抱えながらシュラより矛に近い部分の柄を握る。

『せーのっ！』

オレはガムシャラに緑の魔力を槍に込める。ここでもう緑魔は使い切っていい覚悟だ。

同時にシュラが赤い魔力を槍に込める。

伸ばす位置は石突の付近、そうすれば矛の近くを摑んでいるオレたちは押し上げられるはずだ。

獅鉄槍を貰った店の時と違い、緑魔と青魔に集中できる分、オレは効率よく魔力を込めることができた。地面に押し当てた槍が伸び、ぐおんと衝撃が全身を伝う。

「うおおおおおおおっっ！！？」

「きゃあああああああっ！！？」

——島が、小さく見えた。

一気に島の東側にある海の上空まで飛んだ。先ほどまで自分達が居た場所が遠く見える。こんな時に言うのもあれだが、綺麗な景色だ。緑の大地を包み込む大自然の青。風も気持ちが良い。

想像以上、想像以上に伸びた。

オレ一人じゃ魔力操作の難易度的にこんな芸当はできなかっただろう。

「シール！　魔物が伸びた槍の柄を登って来るわ！」

「それなら問題なしだ！」

槍の石突から駆け上がる小型魔物たち。

オレは空札を取り出す。

「――封印《クローズ》」

槍が札に封印され、足場を無くした小型魔物と――オレとシュラは落下する。

「ぬおおおおおおおおっ！

これ、結局オレ死なないか!?」

すぐ正面に迫る青い海。

オレは海へ飛び込もうと赤の魔力で体を強化するが、シュラはそんな気はなかったようで、オレの首根っこを掴んで空中で着地位置を調整、島の東海岸沿いの砂浜へ着地した。

シュラは両脚で着地、襟を引っ張られていたオレは背中から着地した。

「いってぇ!?」

視界が埋まるほどの砂煙。

オレは砂浜へ打ち付けられた痛みでのたうちまわる。

「なんで海じゃなくて砂浜に!?」

「馬鹿ね。海の中だって魔物は居るのよ。

それに、アンタの札が濡れて使えなくなったらどうするの？」

「あ、確かに」

シュラが優しくオレの背中をさする。

「大丈夫？　まだ痛い？」

「いや、砂がクッションになったおかげでそこまでじゃない。

魔力で体も保護したしな」

「そ。よかった。

――じゃあ一発殴るわね」

「へ？」

一瞬、腹に穴が空いたかと思った。

それほどの威力のナックルがオレの腹部を直撃した。

背中の痛みなんて比じゃない。今度はのたうち回ることすらできない。

「気づいたら裸で魔物の大群に囲まれていた女の子の気持ちわかる？

ねぇ、わかる!?」

「ご、ごめんなさい……」

オレは頭を下げたあと、外套をシュラに貸した。

第二十一話　作戦会議

オレとシュラは南の海辺を目指して森林を歩く。砂浜から回っても良かったが、砂浜だと隠れながら動けないのと、今は状況的にアシュよりシュラの方が適しているから影があって尚且つ身を隠せる森林から向かうことにした。

シュラにこれまでのいきさつを話すと、シュラは「最悪ね！」と喉を震わせた。

「どんだけ無駄なことしてんのよ！

戦力は実質二人で、あの大群を相手にするとか……ほんっと最悪ね！」

「いいや、確かにさっきまで最悪だったが、お前が加わったおかげでだいぶ楽になった」

「――ふんっ！

私の杖と服はどこにあるの？」

「待ち合わせ場所の岩陰に置いてあるよ」

シュラの嗅覚で魔物を警戒しつつ、オレたちは島の南、浜辺へ辿り着く。

ゆうに一時間はかかったな。

「よう、久しぶり。無事か？」

オレが岩陰へ顔を出すと、カーズとイグナシオが頬を緩めて近づいて来た。

「さっすが大将！　あの状況から生還するのか！　今、助けに行こうか悩んでいたとこだったぜ」

「シール、本当に……無事でなによりです」

イグナシオが足を震わせながらオレに近づき、そっとオレの胸に顔を埋め、背中に手を回してきた。

体を引き締めつつ、女性らしい柔らかさを残した感触――

反応が遅れた。あまりに突然のことだったから。

イグナシオのこのハグは友人が死の淵《ふち》から帰って来た感動から出た行動、つまりは友愛なわけだ。

それはわかっているが、この歳の男が同世代の美形の女子に抱き着かれて興奮しないはずがなくて、鼻の下がのびるのは仕方のない――


「おい」


背後から、軽い殺意が混じった声が聞こえた。

「どいて」

意味合い的には〝どけ〟に近いだろう。

シュラは軽くオレを睨んで側を歩きぬけた。

「――おい、イグナシオ。そろそろいいか？」

「あ！

――す、すみません……つい」

イグナシオが身を引く。

名残惜しいが、仕方あるまい。

「ちっ!!」

デカめの下手な舌打ちが聞こえた。

ご機嫌斜めのちびっこ子女子。カーズが目の前を通るシュラを見て、驚きの声を上げる。

「あれ？　この間の嬢ちゃんじゃねぇか！」

「はぁ？　誰よアンタ？」

「コイツ、前のオレとシュラの戦闘を遠目で見てたらしいぜ」

「あっそう。アンタの後ろにあるバッグに用があるからどいてくれる？」

カーズは「おっと、すまん」と道を譲る。

「いつ合流したんだ？」

「ついさっきさ」

オレはもう一人の気配を感じて、隣の岩陰、岩に背を預ける少女を見つけた。

先ほど、魔物に喰われかけた少女だ。

「大丈夫なのか、あの子は」

「あぁ、ようやく落ち着いて来たところだ」

「先ほど、これまでになにがあったかを聞きました。

——シール。この島、放っておくと取り返しがつかないかもしれません」

イグナシオは語ってくれた。少女——フレデリカが経験した話を。

◆

フレデリカはとあるギルドの一員だったらしい。

そのギルドの名前は〝海辺の支配者《シーサイドルーラーズ》〟。

基本的に海辺の魔物を狩ったり、無人島の管理をしたりといった活動をしていた。

ある日、〝海辺の支配者《シーサイドルーラーズ》〟に一件の依頼が飛び込む。

それがこの島、シーダスト島の魔物討伐依頼だ。

依頼人は匿名。怪しい依頼だったそうだ。しかし報酬金はたんまり。

〝海辺の支配者《シーサイドルーラーズ》〟は依頼を受けた。この時はまだフレデリカは参加していなかったと言う。フレデリカ……第二部隊がシーダスト島に行ったのは第一部隊が消息を絶って三日もした時だった。

フレデリカがこの島に着くと、オレ達と同じように船を焼かれ、全員が魔物の手に落ちた。

フレデリカが魔物に捕まり、連れていかれたところは——奴らにとっての食糧庫だった。

集落にあった三列の建物だ。そこに、人間が詰め込まれていたらしい。

生きている人間も居れば、死んだあと加工されている人間も居たそうだ。フレデリカのギルドメンバーはそこには居なかったと言う。恐らくは、すでに喰われたのだろう。

人間を攫い、食べて、人魔の軍隊を作成する。加えて屍帝の力を全盛期まで戻す。それが奴らの目的らしい。

フレデリカはまだ若いこともあり、魔力量も他より高かったから〝一級食料〟として中央の一軒家に束縛されていたそうだ。

フレデリカが捕まった三日後、オレたちが到着し、今に至る。

「なぁフレデリカちゃん。

その依頼の依頼主は誰だったんだ？

間違いなく依頼主はこの島のこと知ってて送り込んだだろ」

カーズが聞くと、フレデリカは首を横に振った。

「わかりません。

でも……確証はありませんが、私は騎士団の誰かだと思っています」

「――――ッ！

そ、そんなのありえません！」

イグナシオが真っ先に否定する。

「騎士団は誇り高き正義の使者！

人魔と組むなど……そんな非道なことはしません！」

「待てよイグなっちゃん。

まずは根拠とやらを聞こうぜ」

「ギルドは、騎士団に反発して出来た組織と言っても過言じゃありません。

なので、本来ギルドと騎士団が手を組むことはありえないのですが、私のギルドのギルドマスターは騎士団に知人が居て、時折騎士団から依頼を受けることがあったのです。

騎士団からの依頼は報酬が高く、匿名希望なのがお決まりでした。ギルドの皆は暗黙の了解としてそのことを知っていました。

この依頼も、報酬が高くて匿名希望だったので……」

「で、でもそれなら……騎士団からの依頼とは限らないのではないでしょうか？

騎士団は関係なく、報酬が高くて匿名希望だっただけでは？」

「その可能性もあります。なので、確証はないのです……」

騎士団が裏で手を引いている……人魔《ジンマ》と組んで、人間を攫うことに？

もしそれが本当なら、公《おおやけ》になったらヤバいだろ。しかも被害に遭ってるのはギルドの人間だ。騎士団とギルド、二大組織が真っ向から戦争になってもおかしくない。

おいおい、なんだか無駄に話が大きくなってきたぞ。

「ねぇ、その話さぁ、今は関係なくない？」

シャツと短パンを着たシュラがつまらなそうに切り出す。

「陰謀とかそういうのは終わった後でいいでしょ。

今はどうやってあの魔物たちを討伐して、捕まった人たちを解放するかよ」

「一度島から逃げて、騎士団やギルドの手を借りるってのはダメなのか？」

「おとなしく逃がしてくれればいいけどね！

魔力を上手く使えば適当な船でも海を渡れると思うけど……奴らの目を掻い潜って海に出られるかどうか」

「どっちみち逃走《そっち》の方がリスクがデカいか……」

ひとまず陰謀やら何やらは置いておき、どう例の魔物たちを追い詰めるかを話し合う。

「まずは敵の三大戦力をおさらいしよう。

骨の人魔、悪魔馬《オロボス》、髭巨人《トロール》。

この三体をどうにかすれば後は雑魚だ」

最もヤバいのは骨の人魔——屍帝だ。

明らかに一体だけ、身に纏っている魔力の質が違った。

「〝レイズ＝ロウ＝アンプルール〟か……」

「まさか、こんな島に居るなんて——」

オレが屍帝の名を口にすると、フレデリカが反応した。

「知ってる名前か？」

「屍帝〝レイズ＝ロウ＝アンプルール〟。

支配の魔力で屍《しかばね》を操り、その昔一国を滅ぼし、その国の人間全てを使役し、一時的とはいえ一国の王となった伝説の魔物です」

「——マジか」

そんな大物だったのか、あの骨の王様。

「レイズって、あの札に書かれていた名前だよな？

例の棺となにか関係があるのか？」

オレは封印術について語った。かいつまんで、要点だけをまとめて。

「封印術……」

イグナシオが腕を組む。

「昔、ぼくの叔父が似たような術を見せてくれたことがあります。

〝サーウルス＝ロッソ〟と言うのですが……」

あの集落で屍帝が口にしていた名前だ。

屍帝の口ぶりからして、そのサーウルス＝ロッソと爺さんでアレを封印した……ってことなのかな？

「そうなのか。

オレの師匠は自分のことを世界で唯一の封印術師って言ってたけどな」

「叔父は五年前、とある災害に巻き込まれお亡くなりになりました。

シールがお師匠さんと出会ったのが五年以内のことなら、発言に矛盾はないと思います」

世界で唯一ってのは歴史上で唯一って意味では無いもんな。

爺さんに師匠と弟弟子が居たのは確定なんだ。もしかして、弟弟子ってのがそのサーウルス＝ロッソなのか。

「その話が本当なら、相手が不死者や再生者の可能性があるってことでしょ？」

「屍帝は再生者……何度殺しても再生する化物だと、聞いています」

「再生者は不死者の上位互換。ただ死なないだけで体は修復しない不死者と違って、再生者は死ない上にひとりでに回復する。

――私達じゃどうしようもないわね。

屍帝を倒せるのはアンタしかいないわ。シール」

まぁそうなるよな。

元々封印術ってのはそういう輩をどうにかするために作ったんだろう。

「そうだな。

野郎はオレが封じよう。

アイツは多分、長年の封印で魔力を失っている。今ならオレでもなんとかなるかもしれない」

と、強がってみるが、アレに勝てる気がしない。

いや、一発殴ればワンチャンある。封印術は〝条件さえ揃えば誰にでも勝てる魔術〟だ。そう爺さんも言ってたしな。

気になるのは棺に貼られていた二つの札。一つはあの屍帝とかいう奴を封じるための物。そしてもう一つは恐らく――

「なら、ぼくたちで悪魔馬《オロボス》、髭巨人《トロール》を引き付けて、シールが屍帝と戦えるようにしましょう！」

「いや、アンタと赤髪はここで待機してなさいよ。

――足手まといよ」

オレが言うに言えなかった言葉をシュラはあっさりと口にした。

「てか、アンタはっきり言いなさいよ！」

シュラがオレを指さす。

申し訳ない。コレに関しては弁解の余地もない。

「魔力が使えない奴が人魔や人魔もどきに対抗できるわけないじゃない！

傷一つ付けられないわ！」

「で、でも――！」

「俺は是が非でもついて行くぜ。

それで俺が死んでも構わない。

こんな楽しい戦いに参加しないなんてありえないからな」

シュラが赤い魔力を拳に溜めた。


――あ、二人を気絶させる気だな。


オレはシュラの眼前に右腕を伸ばす。

「待てよシュラ。

オレに任せてくれ。コイツらを戦力に変えてやる」

「……どうやって？」

「それは見てのお楽しみだ」

オレはフレデリカに目を向ける。

「フレデリカ。お前はギルドに居たってことは魔術師なのか？

戦えるのか？」

「は、はい！

た、戦えますっ！」

「よしわかった。
——30分くれ。その時間で新しい封印術を覚える」

第二十二話　新たな封印術

五角形の字印が描かれた札。

あの札に触れた時、魔力が乱れた。

――魔力封印。

封印術に必要な条件は〝相手の名前を知っていること〟、〝字印を相手に付けること〟、〝相手の魔力量が自分より低いこと〟。

だがこれらの条件はあくまで一生物、一物体を丸ごと封じる際に必要なもの。

ならば、対象を細かく分割したらどうだ？

あるいは魂、

あるいは肉体、

あるいは魔力、

対象を絞れば、その分封印に必要な条件は少なくなるのではないのか。

オレは無条件で魔力を乱された。恐らく、魔力封印に必要な条件はゼロだ。一つ挙げるなら五角形の字印に相手を触れさせなければいけないってとこか。あぁ、あとあれか。字印を付けられるのは魔力を孕まない物に限るだろう。

お手本はある。

対象の魔力を支配し、封じる。通常の封印術と違うのは込める魔力の比率だ。

封印術は相手に黄魔を込めて発動する術だ。だが、実際には黄魔以外にも込める魔力はある。それは青、操作の魔力。

操作の魔力は魔力を操る魔力だ。この魔力封印は相手の魔力を操作（吸収）し、それを黄魔で封じ込める。理屈はこうだろう。

ならば通常の封印術より青の魔力の比率を増やす。割合的には半々でいいだろう。

五角形の字印、それをその辺の石ころに筆で描く。そんで右手から黄魔、左手から青魔を流し込む。

一度目、失敗。失敗すると字印が消えてしまう。比率を青：黄で６：４に調整。

二度目、失敗。今度は青：黄で４：６。

三度目、成功。字印が赤く光った。しかし触ってみると微量な魔力しか吸い取られない。これでは戦力にはならない。

魔力循環のイメージが悪いのか。いつもは相手の全身を魔力の糸で縛り上げるイメージで行っていたが、全身じゃなくていいのか。

字印から中が空洞な魔力の糸を伸ばす。糸の先端は針にする。針で相手を突き刺し、魔力を吸引、空洞の魔力の糸から字印に流し込む。

——よし、このイメージでいこう。

石に五角形の字印を描き込み、集中。

糸――針――吸引――封印。

字印が赤く光った。試しに印に触ってみると、魔力が先ほどとは比べ物にならない速度で吸引された。

大成功。ここまで15分。

「イグナシオ、カーズ。お前らの武器を貸してくれ」

海の方を見張っていたイグナシオとカーズは不思議に思いながらも抜身のレイピアと長槍を預けてくれた。

オレはレイピアと長槍の刀身に五角形の字印を付けて返却した。レイピアの刀身は細身だったため、手元が狂って二、三度失敗した。

イグナシオとカーズは自身の武器に付いた字印を見て首を傾げる。

「大将。コイツは一体なんだ？」

「魔力を封印する字印だ。

その字印を相手に押し付けると相手から魔力を抜き取り、武器に封印する。

通常なら魔力で弾かれるような攻撃でも、字印《これ》が付いていれば相手の魔力を削ってダメージを通す。

魔力の使えないお前らでも奴らに傷を付けることが可能だ」

「す、凄いですね……！」

「ほー！　コイツはすげぇ！

これなら、俺たちも参加していいだろ？　姐《あね》さん」

見張りに出ていたシュラ、フレデリカが岩陰に戻ってくる。

「ま、それなら戦力に数えてあげてもいいわ。赤髪、青髪、緑髪はトリオで動きなさい。それでようやく一人前の戦力ね」
オレ、
アシュラ姉妹、
カーズ、
イグナシオ、
フレデリカ。
魔術師は実質三人、非魔術師二人。
非魔術師の方には魔力封印の武器……ようやく小隊として悪くない位置まで来たかな。
「よし、なんとかこれで戦力は整ったな……」
オレが腰を上げようとした、その時、
ズドン。と大地が揺れた。
地震かと疑った途端のことだった。

――太陽の光が遮断された。

オレたちが居る岩場……いや砂浜全体を覆う影。人影。
オレは上を見て、絶句する。
緑の巨人が、大の字になって飛び込んできていた。

「おいおいおいっ!?」

大の字ダイブ。避けられない規模の攻撃。

だが奴の巨体がオレ達を潰すことはなかった。

――小さな体が巨人の腹を蹴り飛ばしたからだ。

「見下ろすなと言ったはずよ!」

森を潰し、背中から倒れる髭巨人《トロール》。

オレたちは岩陰より外に出る。

「憎たらしい呪いのせいで鼻が利くの。

私相手に奇襲は通用しないわ」

岩の上にシュラが着地する。その小さな背中は物凄く頼もしかった。

「ここは引き受けた。アンタはあの骨の奴を殺すなり封印するなりしなさいっ!」

「善処はするさ。

――行くぞ!」

「おう!」「了解です!」「はい!」

獅鉄槍、ルッタが入った札。

魔力封印の小石十数個。

あとは……切り札を二つ。

オレは必要な物だけ持ち、残りは巾着バッグに入れて岩陰に置いて行く。

オレ達が飛び出るとシュラは右腕を振るい、紅き魔力を立ち昇らせた。

◆

髭巨人《トロール》を避けながら森へ侵入。集落を目指す。

襲い掛かる雑魚魔物たち。オレは素手で奴らを払いつつ前に進む。

森を大きく迂回していると、花畑のある場所に出た。

多種多様な色の花が咲く場所。そこに、アレは居た。

全身から人間の腕を生やした人魔もどき——悪魔馬《オロボス》。

「【お、オオオ。ひ、さしぶり……】」

門番のように、奴は存在する。

オレが札を指に挟むと、カーズが腕で制止した。

「行けよ大将。コイツらは俺らの担当だ」

「四人でコイツ倒して、そのまま四人で本丸に行った方がいいだろう」

オレが言うと、フレデリカが否定する。

「いえ、屍帝を野放しにするのは危険です。

この魔物を倒しても、先ほどの巨人を倒しても、屍帝が来てしまえば屍を使役され、振出しに戻る可能性があります」

「……なるほど。

アイツは誰かが足止めしてねぇと、他がバンバン復活しちまうわけか。

了解した」

オレは札をズボンのポケットにしまう。

「あばよ、大将！

この戦いが終わったら島でキャンプファイアーだ！」

「まったくアナタは……緊張感のない。

でも、悪くありませんね！」

抜刀するカーズとイグナシオ。

オレは三人を置いて走り出す。

「奴は風の魔術を使う！

気を付けろよ！」

花畑を抜けて、集落へ向かう。悪魔馬《オロボス》はオレを邪魔することなく、視線すら向けなかった。

あとはまっすぐ進むだけ。

集落まで走って20分ってところか。

屍帝〝レイズ＝ロウ＝アンプルール〟……。

爺さんが封印し、恐らくは爺さんの死を起因に復活した。

全盛期には封印術師二人掛かりでようやく封印できた怪物——

こんな時、怯え、震え、縮こまるのが普通の人間だ。

なのにどうした、フレデリカを助けに集落へ飛び込んで以来——胸のざわめきを止められない。

こんな状況を、こんな展開を、楽しんでしまっている自分が居る。

第二十三話　シュラvsトロール

「ゴラァ!!」

「【――――――ッ!!】」

髭巨人《トロール》が倒れこんだことで森林の禿《は》げた地。

巨人の拳と小柄な少女の拳がぶつかる。

互いに強力な赤魔が炸裂《さくれつ》し、真っ赤な火花を空に散らせる。

髭巨人《トロール》の乱打を、少女はパンチとキックで全て相殺した。

「だあありゃああああああああっっ！！！！」

少女、シュラは土煙を上げながら助走をつけ、髭巨人《トロール》のスネへ飛び蹴りをかます。髭巨人《トロール》は器用に赤い魔力をスネ部分に集めこれを相殺、逆に右足を振り上げてシュラを吹き飛ばした。

「――やっぱり」

シュラは一つの確信を得る。

シュラは空中で姿勢を直し、綺麗に両脚で着地する。

「ただの髭巨人《トロール》はここまで器用に魔力を操作できないわ。ねぇ、いつまで喋れないフリをするつもり？　――人魔」

シュラに言われ、髭巨人《トロール》は頬を掻いた。

「【よく、気づきましたね。私が人魔だと】」

中性的な高めの声。

シュラは見た目に反して落ち着いた物腰の髭巨人《トロール》を不気味がる。

「嬉しいわ。アンタが肉体派で。

久々に真っ向から殴り合える……！」

「【私も嬉しい限りです。

やはり、拳と拳、肉体でぶつかり合うのが楽しいですからね】」

そう口にしながら髭巨人《トロール》は口の先に土の球を作り出した。

形成の魔力。

シュラは「嘘つきめ……！」と背から杖を抜き、全速で前にダッシュする。

放たれる土弾。

シュラは髭巨人《トロール》の股の下をくぐり、飛び上がって背中を杖で叩いた。

——手応えなし。

髭巨人《トロール》は地面より土の槍を生やし、空中漂うシュラに向け伸ばす。

シュラは土の槍の先を蹴って破壊し、土の槍の側面を足場にして追撃を跳ね躱す。

地面へ着地。頭上より降りかかる髭巨人《トロール》の右足を手をクロスさせ受け止める。

髭巨人《トロール》の全体重が乗せられる。

シュラは歯を食いしばり、赤魔を解放して足を弾き返す。髭巨人《トロール》がバランスを崩している隙に距離を取った。

「……あれは」

シュラは髭巨人《トロール》の右足、そこに生えていた緑色の体毛が無くなっていることに気づいた。体毛が消え、素肌が露出している。戦闘前には確かにあった。シュラはあの部分を攻撃していない。

髭巨人《トロール》は土の魔術で土くれの弾丸を降らす。シュラは弾丸《それ》を躱しながら、体毛が剥げている部分を観察した。

――体毛が徐々に減っていっている。

「なるほど。

アンタの体毛、〝魔塡薬《ローリングボトル》〟の代わりを果たしているのね」

〝魔塡薬《ローリングボトル》〟。

市販されている物は瓶詰された液体だ。それを飲むと失った魔力を補塡《ほてん》することができる。

〝魔塡薬《ローリングボトル》〟の素材は色んな物があり、種類によって効果も異なる。〝魔塡薬《ローリングボトル》〟の素材の一つ、それが緑色の髭巨人《トロール》の体毛なのだ。

【〝魔塡薬《ローリングボトル》〟……？

そう呼ぶのですか？　体毛《これ》】

「冗談でしょ……あの体毛全部が魔力の塊――」

シュラは杖を背にしまい、腰に手をつく。

「仕方ないわね……！」

シュラから発せられる異様な空気。

髭巨人《トロール》は己より遥かに小さい生物に対し、恐れを覚え、その大きな歩幅で二歩後退した。

「その毛むくじゃら、全部むしり取ってやる」

シュラは己の副源四色――白の魔力を身に纏う。

「色装《しきそう》、〝白《はく》〟。

――回生術、〝白雪の灯《スノウランプ》〟」

白き鎧を纏い、シュラは地面を蹴った。蹴られた地面が衝撃で盛り上がる。

髭巨人《トロール》はシュラの動きを目で追えず、気づいたら頬を殴られていた。

「【なん――!?】」

「もっと魔力を込めないと死ぬわよ？」

速度を増したシュラの高速乱撃。

髭巨人《トロール》の全身を縦横無尽に駆け回り、後頭部→首→背中→腰→膝裏→踵《かかと》の順番で打撃を加える。

髭巨人《トロール》は踵を蹴られて足を滑らせ、背中から倒れこんだ。髭巨人《トロール》の下半身の毛が全て消滅する。シュラの動きは遥かに速く、そして強かった。

〝白雪の灯《スノウランプ》〟。

シュラは白魔術師である。シュラはその回復術を己に使い、攻撃の衝撃で起こる己の体へのダメージを厭《いと》わず、全身全霊で動いているのだ。

足が折れるほどの跳躍も、
腕が折れるほどの拳撃も、
骨が折れたあとですぐさま再生し、成立させている。本来、自分へのダメージを考慮して攻撃の

瞬間に全身に纏っていた赤い魔力も限界まで減らし、一点集中、威力へ費やす。

欠点は白魔力を垂れ流しにするため発生する時間制限と――どうしても避けられない、痛みの信号。

「こ、のっ――!!」

痛みで思考が埋まる。それでもシュラは拳を握る。

シュラは追撃しようと倒れた髭巨人《トロール》に空から襲い掛かる。

「【良い事思いつきました。

私も、鎧を纏いましょう……】」

「――ッ!?」

シュラが空から踵落としを髭巨人《トロール》のおでこに当てる、その寸前で、土の兜《かぶと》が髭巨人《トロール》の頭に装備された。粘土質の土で、シュラの攻撃の衝撃が散らされる。

「ちっ!」

シュラは土を蹴って宙を舞い、髭巨人《トロール》の全身が見える位置まで後退。髭巨人《トロール》は緑の魔力で土を生成、全身に粘土質の土を被った。

「【これでもう痛くないですよ】」

「私の真似《まね》したつもり？

そんな付け焼刃で、私の打撃は防げないわよ！」

シュラは姿を消し、髭巨人《トロール》の腹に肘を入れる。髭巨人《トロール》は全く反応できていない。それもそのはず、鎧を着れば動きは鈍る。防御力と引き換えに髭巨人《トロール》は速度を捨てたのだ。

シュラは確信する。「勝った」と。だが、その確信は攻撃した土塊から棘《とげ》が生えたことで改めることになる。

「土の刃!?」

攻撃された瞬間、攻撃された箇所の周囲の土を青魔で動かし、密集し、棘を生やして反撃する自動反撃装置。ゼロから土を作るわけではないので、その反撃の速度はシュラが反応できるレベルを超えていた。

シュラは脇腹を棘に抉《えぐ》られる。だが瞬時に白魔力で回復。髭巨人《トロール》のすぐ目の前に着地した。

「【これを繰り返すのは骨が折れる。貴方の攻撃を完全に防げるわけでもありませんしね。
魔力の消費は大きい……でも】」

髭巨人《トロール》はわかっていた。シュラの白魔、それがもうすぐ尽きると。

「先に沈むのは私ってわけね」

「【そういうことです。
一度ペースダウンしませんか？　このままだと貴方のジリ貧負けですよ】」

シュラは髭巨人《トロール》の提案を鼻で笑い、舌を出した。

「――嫌なこった」

シュラは白魔を纏い、全身全霊の突撃をする。

髭巨人《トロール》の腹に炸裂する右拳。同時に跳ね返ってくる土の棘。シュラは肩を貫かれても、腿《もも》を貫かれても、止まらず、打撃を重ねる。

「【無駄なことを……】」

「くうううぅぅぅぅんのおおぉぉぉぉぉっ！！！！！」

殴る、蹴る。その度棘の反撃が体を抉る。

守るのは脳と心臓。それ以外はいらない。すぐに治る。

（いだい――いだいいだいいだいいだいいだいっっっ！！！！！）

心の内で絶叫する。

それでも攻撃を続ける。たった一度のチャンスを摑むために――

攻撃された箇所、その周囲の土をかき集め、反撃しているのなら、連続で攻撃していけば鎧が無くなる時が来る。そのタイミングに一気に畳みかける。

シュラは止まることをやめた。

一瞬の隙を狙って……。

「【し、しつこいですね……！】」

土の鎧が剝げていく。

髭巨人《トロール》の体毛が消え去り、その千載一遇のチャンスがシュラに舞い降りる。土の妨害がない、巨人の懐。

「【ぬっ!?】」

「ここだああああああああああああっ！！！！」

シュラは渾身の魔力を練ろうとするが、

「う、そでしょ？　ここで――！」

白き鎧は塵《ちり》となった。

――魔力の限界が訪れた。

髭巨人《トロール》は空中で止まったシュラに平手打ちをかます。シュラは禿げた地より外の大木にその背を打ち付け、血を吐いた。傷はもう治らない。

「【はぁ……はぁ……！

危なかった。ここまでやるとは予想外です。

でも結果は見えました。貴方の魔力は尽きた。私の魔力はまだわずか残っています。

この勝負、私の――】」

「私の負けね。

――でも、私たちの勝ちよ」

髭巨人《トロール》の言葉をシュラは遮る。

「私の魔力はもう塵ほどしか残ってない。アンタももうほとんどない。

でも、一人だけさぁ……元気な奴が残ってるのよ」

シュラは長い髪を一つに結いながらそう言うと、天に輝く太陽を指さした。

「【ハッタリは、見苦しいですよ】」

「あと、五秒だ」

拳を振り下ろす髭巨人《トロール》。

シュラは最後のなけなしの赤い魔力を足裏にため、大きく跳躍した。

太陽の熱さを首筋に直に感じる。髭巨人《トロール》は「【無駄な足掻きを……】」と、シュラを睨む。

「――30分《タイムリミット》よ」

瞬間、金髪の修羅は姿を消した。

「【なにっ!?】」

続いて現れるのは同じく金色の髪を持ったポニーテールの少女、アシュだ。

少女は背の杖を抜き、その先にある黒き宝珠を輝かせた。

「【姿が変わった……?
――関係、ありませんね!!】」

髭巨人《トロール》は左腕を後ろに引いた。

金髪の魔術師は一切の焦りを見せず、淡々と髭巨人《トロール》を見下ろしていた。

「――〝ファイアーボール〟」

紅蓮の塊が金髪の魔術師、アシュの後ろに形成される。

その炎の塊は髭巨人《トロール》の拳よりも大きかった。

それで終わりではない。

杖より黒い魔力が吹きだされた。

「色装《しきそう》、〝漆《しつ》〟。
――黒炎術、〝呂色焰《ロイロホムラ》〟」

炎の塊は黒き魔力を纏う。

迫る巨拳。

髭巨人《トロール》は異質な魔力を前に、手を引こうとするが間に合わない。

「【なんです!?

その魔力は――】」

「お前、お姉ちゃんを虐めた……許さないっ！」

黒き太陽と髭巨人《トロール》の拳が衝突する。

「【う――うわああああああああああああっっ！！！！？】」

黒い魔力に触れた部分はすぐさま塵となる。

アシュが放った〝呂色焔〟は三つの魔力を組み合わせた三色炎術。その威力は通常の二色炎術の威力を遥かに上回る。

それでも、まだ髭巨人《トロール》に魔力が残っていれば鎧を作るなり、避けるなりできただろう。だがもう髭巨人《トロール》には躱す余裕も防ぐ余裕もない。シュラとの戦いで髭巨人《トロール》は消耗し過ぎたのだ。

「【私が、こんなところで……！

屍帝様、どうか……私の屍を――!!】」

――絶対不可避。無慈悲の闇が髭巨人《トロール》の胸から上を消滅させた。

アシュは空から地面に尻から突っ込み、腰を大きく打つ。

痺《しび》れるような痛みが全身を走った。

「うぅ……お姉ちゃんのばかぁ。

わたし、赤い魔力苦手……あんな高さから落とされたら受け身取れない……」
腰をさすりながらアシュは涙を流す。
アシュは腰の痛みから暫《しばら》くその場から動けなかった。
——髭巨人《トロール》、撃破。

第二十四話　カーズ＆イグナシオ＆フレデリカvsオロボス

蟻《あり》と象――とまでは言わない。

魔力を使える者と、そうでない者の差。

悪魔馬《オロボス》とカーズ、イグナシオの差はそこまで絶望的なものじゃない。

悪魔馬《オロボス》が馬に跨《またが》り全身に鎧を着て、武器を持った騎兵ならば、カーズ、イグナシオは裸一貫《はだかいっかん》の人間。

相手を馬から引きずり下ろし、首を絞めれば殺せる……。

――弱者側はそう考えるだろう。

だが実際に騎兵と生身の人間が戦えば、ものの数秒で生身の人間は貫かれるか切り裂かれるか馬に蹴飛ばされて死ぬだろう。両者の実力差は結局のところ絶対なのだ。

花畑。

美しい花々が咲き誇る開けた空間でカーズ、イグナシオは悪魔馬《オロボス》と対峙《たいじ》する。

悪魔馬《オロボス》の全身から生えた腕が伸びる。イグナシオがレイピアでそれらを貫き、カーズが槍の矛先を悪魔馬《オロボス》の頬に突き立てる。槍に刻まれた字印が悪魔馬《オロボス》の強化の魔力を吸引し、槍の攻撃を通す。

突きの一撃によって悪魔馬《オロボス》の頬の薄皮が一枚ぺらりとめくれた。

「渾身の一撃だったんだがなぁ……！」

「傷はなくとも魔力は吸引できています！　この調子でいきましょう！」

カーズ、イグナシオ、フレデリカと悪魔馬《オロボス》の戦いが始まってちょうど5分が経った。

――カーズたちは限界を迎えようとしていた。

カーズは左手を風魔術でズタズタにされ、今は右手一本で槍を構えている。イグナシオは悪魔馬《オロボス》の前蹴りをくらい、右脚の骨にヒビを作っている。

フレデリカは外傷こそ無いものの、息は上がり、魔力も底を突こうとしていた。

「【お、おまえ、ら、――よよよよ、よわ、っちい、な……！】」

悪魔馬《オロボス》は緑の粒子を体から浮かばせた。

「二人共、さがってください！」

カーズとイグナシオは左右に分かれる。

フレデリカは悪魔馬《オロボス》と同じように緑の粒子を浮かばせる。

悪魔馬《オロボス》は粒子を突風に、フレデリカは水の剣に変えた。

「【し、ね――！】」

「〝水流射手《アクアシューター》〟ッ!!」

炸裂する水と風。

バチン！　と魔術が相殺したのを見計らって、カーズとイグナシオは攻撃を仕掛ける。

イグナシオの突きは悪魔馬《オロボス》の体から生えた腕に白刃取りされ、別の腕の拳がイグナシオの腹を殴る。カーズは腕の防御を掻い潜り、側面から悪魔馬《オロボス》の体を突くが吸収しきれない程の強化《赤》の魔力に

よって弾かれた。

「ぐっ!?」

「野郎……！」

前衛二枚、後衛一枚。

魔術はフレデリカが処理し、あとはひたすらカーズとイグナシオが接近戦を仕掛ける。フレデリカと悪魔馬《オロボス》の魔術作成速度はほぼ互角、フレデリカは悪魔馬《オロボス》の魔術を相殺するので手一杯だ。

カーズとイグナシオは同時に悪魔馬《オロボス》の体から生えた拳に殴り飛ばされ、フレデリカの前まで後退する。

「こりゃ負けるなぁ〜！
俺達っ！」

カーズは笑う。

この流れ、徐々に追い詰められているのはカーズたちだ。

繰り返していけば限界が来るのは自分達だと、カーズは確信する。

「呑気に言ってる場合ですか……」

イグナシオの手は震えていた。

イグナシオは魔力こそ扱えないものの、剣の扱い、武術に関しては達人。否《いや》が応にも、この戦いの行方が見えてしまっていた。

頭に浮かぶのは惨殺され、喰い散らかされる自分達の姿。

カーズは震えるイグナシオの手を見て、目を細める。

「イグなっちゃんよぉ。

賭けに出るしかないぜ、コイツは」

悪魔馬《オロボス》が緑の粒子を浮かべる。

相殺しようと粒子を浮かべるフレデリカ。だがその行く手をカーズが腕で制す。

「カーズさん!?　なにを！」

「フレデリカ、魔術はアイツに直接ぶち込んでくれ。

——次の奴の魔術攻撃は、俺様が受ける」

「アナタはバカですか!?

そんなことをすれば」

「体がバラバラになるかもな。

だがあくまで『かも』だ。

ならん可能性も幾分かあるさ！」

カーズが前に出る。

悪魔馬《オロボス》から放たれた風の刃。カーズは槍の腹で受けようとするが、風の刃は槍の防御をすり抜け、カーズを直撃した。

——一瞬、カーズは首を落とされたのかと錯覚した。

魔術を受けた首から下の感覚がなくなったのだ。カーズは視線を落とし、血を全身から滲《にじ》みださせつつも、しっかりと繋がっている自分の五体を見て笑った。

「なあんだ。案外大したことねぇじゃんかよ……！」

カーズは感覚が戻ったところで地面に片膝をついて着地した。

常人なら絶叫する痛みを、カーズは容易く飲み込む。

「どうして、笑ってられるのですか？

今、アナタは死にかけたんですよ？」

イグナシオが、片膝をつくカーズに問う。その声は恐怖に似た感情で震えていた。

「ひひっ、楽しいねぇ……！　冥土の淵が見えたぜ」

震えるイグナシオの肩を、カーズはポンと叩いた。

「楽しめよイグなっちゃん。こんな仕合《しあい》、めったに巡り合えないぜ」

「アナタは……」

カーズは立ち上がり、槍を構える。

イグナシオはカーズの背を目で追い、レイピアを天に向けながら瞼を閉じる。

「すみません。アナタのこと、少し見くびっていたようです」

震えは、止まった。

「――形は歪《いびつ》ですが、アナタの覚悟の方が上だったようですね。

ロッソの名に懸けて、ぼくも覚悟を決めましょう」

「そうそう、それでこそだイグなっちゃん。

張り合えよ、もっと俺に！　次足止めたら置いてくぜ！」

「そんなこと言って、フラフラですけど大丈夫ですか？」

「倒れそうになったら支えてくれよ」

「冗談でしょう？　踏みつけて進みます」

「そりゃ、是が非でも倒れるわけにはいかないな……」

フレデリカが緑の粒子を放出した。

「いきますよ！　二人共！」

水の剣が放たれる。

悪魔馬《オロボス》は全身の腕を総動員し、剣を受ける。水の剣は腕を壊滅させるが、肝心の悪魔馬《オロボス》には届かなかった。

しかし障壁《腕》はなくなった。

イグナシオとカーズが歩を合わせ、左右から斬りかかる。

カーズは槍を薙《な》いで使う。イグナシオは洗練されたレイピアの突きを繰り出す。どちらも悪魔馬《オロボス》の体に当たるが、かすり傷が付くのみ。それでもシールの封印術の補助のおかげで魔力は削《けず》れている。

ガムシャラともとれる、二人の猛攻。

ただひたすらに斬り裂くだけ。刃を叩きつけ、叩きつけ、叩きつけ続ける。

「【い、だ、いぃぃぃ！！？】」

血しぶきが上がる。強化の魔力を封印術で乱され、本当の意味で生身となった肌をイグナシオのレイピアが削ったのだ。

好機、カーズが前に出ようとすると緑の粒子が悪魔馬《オロボス》より浮かび上がった。

「さがって……さがって！　イグナシオ！　カーズ！」

フレデリカが叫ぶ。

だがカーズとイグナシオ、二人の戦士はここを逃すと次はないと直感していた。

二閃。

槍とレイピアが悪魔馬《オロボス》の肌を裂いた。だが、同時にあるモノが限界を迎えた。

「ちっ……！」

「――――ッ!?」

二人の心も肉体もまだもっている。

だが、武器が先に限界を迎えた。

完全な崩壊。レイピアも槍も、持つ場所がなくなるほどに砕け散った。シールの描いた字印も砕け散った。カウンター。悪魔馬《オロボス》が強化の魔力を二点に集中させ、二人の武器の着弾地点を狙いうちにしたのだ。

二人の手元に武器はない。


――ならば、拳を握れ。


二人は同時に同じ思考に至り、カーズは右拳を、イグナシオは左拳を握った。だが、悪魔馬《オロボス》は一瞬の隙を逃すほど甘くはない。

――無慈悲な突風が、二人を吹き飛ばした。

◆

カーズとイグナシオは悪魔馬《オロボス》の突風によって左右に散らされた。

花畑を転がり、両者共に気を失う。

残されたフレデリカは魔力を練りながら、ガタガタと歯を震わせていた。

「うそ……！　うそっ!?」

「【ひ、ひひっ！
お、おおお、おわり。おま、え、おまえ、らの——ま、け】」

力無く、フレデリカは地面に尻もちを付く。

頭に降りかかる絶望。

ヨタヨタと近づいてくる死。

悪魔馬《オロボス》が花を踏みしめる音が鳴る度、心臓に穴が空く感覚。

なけなしの魔力をかき集める。次の一撃はフレデリカの方が早く作れる。だが、あと一発魔術を当てたところで悪魔馬《オロボス》は確実に立ち上がる。

フレデリカは視界を遮断し、顔を伏せた。

——〝終わった〟。

フレデリカはその時、絶望の淵で、確かに聞いた。

ずし、と花を踏みつける——人間の足音を。

「……。」

「……。」

血まみれで、目は虚ろ。

だがカーズとイグナシオは立ち上がった。

フレデリカは瞼を開き、二人の姿を見て歓喜する。

「よかった！　二人と——も？」

二人は構えた。

武器は無い。手にはなにも持っていない。

なのにカーズは槍を構え、イグナシオはレイピアを構えた。

体勢だけだ。体が覚えている動きを自然と行い、悪魔馬《オロボス》を後ろから狙っている。悪魔馬《オロボス》は気づいていない。気づく必要がない。なぜなら二人共武器を持っていないのだから。

（意識が、ない——……）

フレデリカは再び希望を消そうとするが、二人の目を見て考え直す。

カーズもイグナシオも意識がない。だが確かに、悪魔馬《オロボス》を殺す意思が瞳に宿っていた。

——最後の魔力。

それをどう使うか、フレデリカは決断する。

「〝水の剣《つるぎ》よ、乙姫に勇気を。氷の槍よ、戦士に希望を〟——」

いつかギルドの仲間に習った詠唱術を、思い出しながら口にする。

「——　〝氷水螺装《ひようすいらそう》〟ッ!!」

渦巻く水のレイピアがイグナシオの手に、渦巻く氷の槍がカーズの手に形成される。

そこでようやく、悪魔馬《オロボス》は背後の気配に気づいた。鬼神の如き殺意を、暗殺者のように沈めていた二人の気配に。

「【オ、ま、え、ら――！】」

悪魔馬《オロボス》が振り返ると同時に地面を踏み出すカーズとイグナシオ。

悪魔馬《オロボス》は体より新たな腕を生やして伸ばす。二人は突きを交錯させる。

――ほんの一滴。

死地の中で、芽生えた黒き雫《しずく》。

カーズ、イグナシオの内に眠る副源四色、その色が……氷水の武器の先に灯される。

その魔力は、触れるモノを塵と化す。

氷の剣、氷の槍。二つの突きは悪魔馬《オロボス》の全身から生えた腕を塵に変え、肌を抉り、肉を抉り、骨を抉った。

「【い、がっ――!?】」

漆黒の突きが、悪魔馬《オロボス》の頭と胸部の心臓を貫いた。

フレデリカは目の前で起きた出来事を理解するのに、数秒の時を要した。

「黒魔……破壊の魔力ッ!!」

通常、魔力操作は主源三色→副源四色の順番で覚える。

単純に難易度の問題だ。副源四色の操作は主源三色に比べて遥かに難しい。特に黒魔力はその凶暴な性質から難易度は跳ね上がる。非魔術師が決して扱えるようなものではない。

だが二人はそんな常識を打ち破った。敵を壊し、殺したい。その感情に対応する魔力を死の淵で感覚的に引き出したのだ。

カーズとイグナシオ、両者ともに紛れもない魔術の天才だったからこそ、できた芸当である。

フレデリカはそのことを理解していた。

「凄い……この二人、魔術を学んだらとんでもない傑物になるっ！」

頭を貫いたのは水のレイピア。

心臓を貫いたのは氷の槍。

悪魔馬《オロボス》は瘴気を発しながらその場に倒れ、絶命した。

「やった？　――勝った!!」

フレデリカがカーズとイグナシオの元へ走る。

だがフレデリカが到着する前に二人は後頭部から後ろに倒れた。

「カーズ！　イグナシオ！」

フレデリカは「どうしよう、どうしよう！」とあたふたし、自分の副源四色を思い出す。

白魔――再生の魔力。

「回復術は苦手だけど、言ってる場合じゃない！」

フレデリカは拙い手つきで白の魔力を二人に灯していく。

――悪魔馬《オロボス》、撃破。

第二十五話　予言

魔物の集落。

オレは足音を消しながら木影に隠れる。

――周囲に魔物の気配はない。

ただ一体、集落の中心で骨の玉座に座る奴を除いて。

「やはり、手駒の弱さ、少なさは課題だな。この程度の雑魚共に手間取るとは……」

半身半骨の男は瞼を下ろし、頬杖をつく。

「くだらん。早く出てこい。貴様の気配など、とっくに気づいておるわ」

「おっと、奇襲失敗だな」

オレは木影から出て集落へ足を踏み入れる。

骨の人魔は相変わらず座ったまま、視線すらこちらに寄越さない。オレは玉座に背後から近づいていく。

「一つ聞く。

お前らは、どうして人を喰らう？」

「愚かな質問だな。

貴様らが豚や牛を喰らうのと変わらん。

人を狩り、喰っているだけよ」

屍帝《してい》は侮蔑を込めた声色で語る。

「よいか、よく聞け。

今でこそ貴様らは我々魔物を追い、狩っているが、いずれ立場は逆転する。

我ら魔帝が復活したからな。

近い未来、貴様らは服を着ることを忘れ、言葉も忘れ、尊厳も、なにもかもを無くし野を駆けまわる兎の如く野生に帰るのだ。

余は、その未来を先取りしているに過ぎない」

魔帝――

はじめて聞く単語だ。〝帝〟って付くぐらいだ、魔物の中でもヤバい奴らって感じか？

「……本来ならば、何年も前に我らの時代が来るはずだった。

――奴ら封印術師さえ居なければ……！」

屍帝の声に、怒りの色がつく。

「だが、余は一つの結論にたどり着いた！

あの棺の封印をこの島の魔物程度が解けるわけがないっ！

ならばなぜ、棺の封印は解かれ、余は解放されたのか!?

それは術師が死んだから、封印術師《奴ら》が死んだからではないのかっ！！！？
となれば、もう余の覇道を止められる者は居ない！
──封印術師の居ない世界で、再生者たる余を封じ込められる者は居ないのだ!!」
高笑いが集落全体を揺らす。
奴が笑い声を上げる度、肌がナイフに突きさされたように痛む。
なんという圧力だ。格の違いを否応なしに感じるぜ。
──それでも、負ける気はサラサラ無いがな。
オレが拳を握り、一息で距離を詰めようと踏み込むと、人骨の棘壁が行方を阻んだ。
「近寄るな」
玉座が反転する。
奴とオレの視線が正面から交錯する。
「どうやら随分、人間を下に見てるようだな……」
「当然だろう。
貴様らは魔物《我々》の食料に過ぎない」
顎を上げ、鼻の穴を見せつける屍帝。
なるほど、微塵《みじん》も人間《オレ》に負けることはない。そう思っている顔だ。
──上等だ、その鼻明かしてやる。
「屍帝殿。
退屈しのぎに一つ──予言でもしてやろうか？」

「ほう？
申してみろ」
オレはポケットに手を突っ込み、顎を上げる。

「この戦い、
先手は必ずオレが取る」

屍帝の瞳に微《かす》かに光が宿った。
屍帝は肘を滑らせ、大きく高笑いする。
「ふ――ふはははははははっ!!
面白いことを言うではないか！
――覚えておけ、蟻。先手、後手もない。終始余のターンだ！
貴様に手番《てばん》は一度たりともまわりはしない！」
愉快気に笑った後、屍帝は右手を前に出す。
屍帝の手の動きに合わせて、地面から生え出た骸骨たちがオレに視点を合わせた。
「余も予言してやろう。
――十秒後。貴様は地に膝を付く間もなく息絶える」
一斉に襲い掛かってくる骸骨。
オレは右ポケットから札を取り出し、その中身を弾《はじ》きださせる。

「解封《オープン》、獅鉄槍《してつそう》ッ……！」

札から呼び出された槍は長槍。以前にこの集落から脱出する際、シュラと協力して伸ばしたまま封印していた獅子の槍だ。

解封と同時に、槍は屍帝の胸に吸い込まれていく。

「なにっ!?

――ぬうぅ!!」

息つく間もなく、骸骨を貫いて集落から海まで届く槍が屍帝の胸元を貫いた。

屍帝は口から赤い血を吐き出し、槍によって玉座に縫い止められた。

「さっき伸ばしたまま封印したんでな」

「ぐ、ぐふっ……!?」

槍はすぐに元の長さへ戻った。

屍帝は胸を押さえながら眼を真っ赤にさせ睨んでくる。

オレは槍で動きの止まった骸骨を払う。

短くなった槍の矛先を、目の前の魔物に向ける。

屍帝はオレの持つ札を見て、「まさか……！」と唇を震わせた。

「さてと、十秒だ。おかしいな？

オレはまだ息してるぜ……屍帝殿」

第二十六話　形容できぬ怒り

屍帝《してい》が胸から手を外した時、胸元の穴は埋まっていた。

これが噂に聞く再生——

「再生者か……」

マジで不死身なんだな。

封印って手段がなかったら、どう対処すればいいんだ？　コイツ。


「まさか——まさかまさかまさかまさかぁ！！！

貴様はあああぁぁぁぁーーー！！！！！！」


怒号が鼓膜に響く。

ビビるな、ここで引いちゃダメだ。

オレは一歩も引かず、眉一つ動かさず、奴の怒号に耐える。

余裕の態度を崩すな。〝底知れない奴〟、そう印象付けるんだ。

「自己紹介が遅れたな。

封印術師のシールだ」

「……。」

１００から一気に０に。

屍帝は頭に昇らせた血を、一気に足元ぐらいまで沈めた。

屍帝は玉座に座ったまま、再び頬杖をついた。

その瞳は静かにオレを見つめている。

「そうか、封印術師か……ふふっ、ふあははあはははははぁっ！！！」

歓喜の声だ。

コイツ……感情が読めん。

「なぜだろうなぁ……！　恐怖や怒りが立ち上ると共に、強烈な歓喜が指を震わす。

あぁ、懐かしい……封印術師、奴らは憎たらしいが、奴らとの戦いは実に愉快だった。

余は、封印術師《奴ら》を憎みながらも、どこかで欲《ほっ》していたのかもしれない。

余に、不安と緊張をもたらす封印術師《奴ら》に……！」

屍帝は天に手を掲げ、グッと拳を握った。

這い出る骸骨たち。

白骨の四肢を使ってオレを囲んでくる。オレは元の大きさに戻った獅鉄槍を円を描くように横薙ぎする。白骨たちはそこまで強くはなく、簡単に槍に砕かれ地に沈んだ。

「この感情は、恋に似ているのかもしれんな……」

「乙女になってるとこ悪いが、

もう手持ちの骨共はやっちまったぜ！」

槍を振り回しながらオレは屍帝に突撃する。

屍帝は「愚かな」と小さく笑った。

「余は屍帝、屍を操る王だ！

一度倒したとて、余の手駒が消えることはないっ！」

倒したはずの骸骨たちが、再び蘇った。

「余の魔力が尽きぬ限り、無限に復活する！

屍に寿命があるとは思わぬことだなぁ!!」

「――その言葉、嘘はねぇな？」

オレは〝祓〟と書かれた札を右手の人差し指と中指で挟む。

「〝獅鉄槍〟封印《クローズ》。

――解封《オープン》、〝ルッタ〟！」

獅鉄槍を札に戻し、代わりにルッタを右手に装備する。

オレはルッタに青の魔力を灯す。するとルッタに埋め込まれた青色の錬魔石が光り、冷気のようなひんやりとした水色のオーラを醸しだした。

「その剣は――！」

オレはルッタを使って骸骨の顔面を砕く。赤い魔力を足裏に集中、間合いの短さを足元でカバーし、骸骨たちを一体一体切り裂いていく。

ルッタに斬られた骸骨は股関節から崩れ落ち、その骨を黒い塵にして天に舞った。

「どうした、復活しないみたいだが……調子でも悪いのか？」

「冥土送りの剣か……！

調子に乗るなよ封印術師ぃ!!」

オレは地面にヒビができるほどの力で踏み出す。

距離は二十歩三十歩、まだ遠い。

狙うは烙印。拳による直接攻撃だ。

「近づかせはしないっ！」

「——うおっ!?」

突如、足元の地面が盛り上がった。

地の底より塔のように重なる無数の骨。骸骨の塔が下からオレを包み込もうとする。

「——解封《オープン》ッ！」

獅鉄槍をもう一度出し、左手に装備。斜め下に石突を向ける。

骸骨がオレを包むより先に獅鉄槍を伸ばし、地面に槍を押し立て、槍の伸縮を利用して後ろへ飛び退いた。

先ほどまでオレが居た場所に骸骨の塔が出来上がる。

屍帝は骨を輪っかのように繋ぎ、自分を囲うように設置した。

「封印術師は寄らせん！

この輪より先にはなぁ！」

そこでようやく、屍帝は腰を上げた。

「よく聞け封印術師。

今、貴様が戦った屍はｌｅｖｅｌ０だ。ただ骨のみを操ったにすぎん。

だが次は違う！」

屍帝が両手を挙げる。

地面よりにょきにょきと伸びる骨、その骨を象《かたど》るように肉、皮が産まれる。
10、20。23体ってところか。
「封印《クローズ》」

獅鉄槍を再び封印、この相手はルッタで攻めるのが得策。

目の前に現れた屍は先ほどまでの屍と違う。全身にヒビが入っているが間違いなく裸の生身の人間だった。

「これがｌｅｖｅｌ１。

生前の肉体を再現する力」

そんなの有りか？

コイツ、自己再生能力といい、この修繕能力といい、支配の魔力で出来る範囲を明らかに超えている。

「――――ッ!!」

オレは目を見開いた。屍帝の能力に驚いたからではない。

現れた23体の人間、その中で一際小さな存在に目がいっていた。

――女の子だ。


年端も行かぬ女の子。

見たことのある顔だった。

――『すみません……この子を見つけたら連絡を』

カラス港で娘を探していた母親の姿を思い出す。

彼女がオレに渡して来たチラシを思い出す。

そのチラシに描かれていた少女を思い出す……。

屍帝が生み出した23人の屍、その内の一人が……その少女だった。

「【……おかあ、さん】」

屍が声を出す。

「【たすけて、たすけてくれぇ……】」

「【いやだ、死にたくない……】」

「【子供が、子供が待っているんだ……】」

感情の籠っていない声が聞こえる。

「すまぬな。つい脳も再現するから適当なことを言い出す時があるのだ。耳障りだろう？　人間の命乞いというのは、まっこと醜いよなぁ……」

屍帝が右手の人差し指を前に出す。同時に動き出す生身の屍たち。

オレは無言で、短剣を振るう。

「……っ!?」

剣を振るう度、胸が痛んだ。

痛みに歪む声、助けを求める声、殺してくれたことに感謝する声――色んな声が耳から心臓へ響いた。

「【どこ……？　どこにいるの？】」

女の子がオレに向かって走ってくる。

「くそが……！」

短剣を振るおうとした手が止まる。

相手は既に死んだ人間、そんなことはわかっている。それでも――！

「ごめんな」

女の子が骨の剣を構えた瞬間、オレは女の子の頭に短剣を突き立てた。

――『大変だな。娘さん、見つかったら絶対ここまで届けるよ』

いつか、自分が言った言葉を思い出す。

思い出しながら、短剣を振り抜く。


「おかあさん……どこ、おかあ――」

女の子は最後に、母親の手を掴むように、オレのズボンの裾を掴み、力無く倒れた。

「どうした封印術師、

顔が暗いぞ？　もしや！
知り合いでも居たか!?
それはそれは本当にすまぬことをした！
悪気があったわけではない。ほんの余興だ。楽しんでもらえると思ったのだがなぁ……」

希望だったのだ。

この人たちの生存——それだけが彼らの希望だった。

大切な人を失った彼らの、唯一の、明日を生きるための希望だった。

「——屍帝、〝レイズ＝ロウ＝アンプルール〟……」

彼らの希望を、土足で踏みにじり、死者の尊厳に唾を付ける。

腹の底から湧き上がるこの感情を、なんと言い表せばいいのか。

オレは短剣を逆手に持ち直す。そして、今の自分の心情をそのまま言葉に変える。

「ようやくだ。ようやくテメェを、ぶっ殺したくなってきた……！」

「いいぞ。それでこそだ封印術師ッ!!
殺し合おう。魔物と人間らしくな……！」

第二十七話　切り札

狙いは一つ、アイツをぶん殴って字印を付ける……！

もしかしたらアイツの魔力がオレより上かもしれない。いや、今はそのことは考慮しない。

勝ち筋が一つしかないんだ。それがダメなら諦めて死ぬ。

だが当然、奴もオレの接近を警戒している。封印術のタネはバレているのだろう。

オレが迫ると必ず大規模攻撃で押し返そうとする。近づけて十歩の距離……残り十歩が果てしなく遠い。

だが悪くはない。魔力の消費量はオレの方が圧倒的に少ない。

奴はオレが接近しようとするだけで、明らかにオーバーな攻撃で返そうとしてくる。

「近づかせはせん！　絶対に、貴様らだけは……！」

怯えた瞳。

どうやら封印術が余程恐ろしいらしい。トラウマなんだろうな。

「いいのかねぇ、そんな魔力使っちゃってさ」

足に赤魔を溜めてルッタによる機動攻撃を仕掛けるが、どうしても物量に押し返される。

オレが骨の波に押し返されたところで、屍帝は新たに白き骨の竜と赤き血の竜を作り出した。

「そぅら！

踊れ封印術師ッ!!」

「大盤振る舞い感謝だよ！」

白と赤の竜が混ざり、一つの竜となって大きく口を開けた。

地を這いながら集落の建物を飲み込み、生物のようにクネクネと軌道を変えて迫ってくる。

防御は論外。

回避しようと足に力を込める。

「んなっ!?」

オレの両足を地面より這い出た白骨の腕が摑み止める。

「まずった……！」

赤白の竜の攻撃を真正面から受けた。

足の踏ん張りなど意味を成さず、オレは地面から足を離した。


――意識を繋ぎ留めろ……！


眠ったら終わりだ。

大ダメージなのはわかっている。痛みに備えろ！　耐えなくては……！

人生で一番の痛みがオレを襲う。

骨の破片が肌に食い込み、血の激流が魔力を削る。

二匹の竜がオレを引きずり回す。

「いっ!?」

背中に衝撃が走る。

どうやら見張り台に背中から突っ込んだようだ。竜は散り去った。

「ん――おえっ!?」

オレは口に溜まった血液を吐き出す。

「やべぇな……」

ずっと感じていたが、改めて再認識する。この屍帝とかいう奴……明らかに今のオレが相手するレベルじゃない。

別格だ。

魔力量も、経験も、技の豊富さも……すべてにおいて別格だ。

「休む暇はないぞ！　封印術師ぃ！

次はｌｅｖｅｌ２。肉体だけでなく、生前の技術《スキル》をも再現するッ!!」

またもや生み出される生身の屍。

合計8体。今回は少ないな……だが、油断など一瞬でもできなかった。

そいつらは形成の魔力を使い、一点に水の塊を作り出していた。

――〝海辺の支配者《シーサイドルーラーズ》〟。

恐らく、その元メンバーたちだろう。フレデリカが水の魔術を主に使うギルドだと言っていた。

水の塊は膨れ上がり、川でも作れそうな水量へ達した。

直撃したら、間違いなく死ぬ……！

「う――ごけぇ!!」

体が動かない。血液が足りないのか？

あぁ、まずいいな。力が入らん。

「なら、もういいさ」

――もう血には頼らない。

オレは支配の魔力《黄魔》を体に循環させる。魔力で体を支配する。

血液の代わりに魔力を回せ――動け体……！

「だああああらぁ!!」

撃ちだされる水の渦。

オレは支配の魔力で己の体を動かし、渦の直撃を躱す。しかしその余波、渦の端に右肩をぶつけただけで大きく吹き飛ばされ、集落にある三列の建物、その東端の建物の中まで押し込まれた。

木の壁を破り、扉の反対側の壁まで飛ばされる。

「かはっ……！」

背中と後頭部を壁に打ち付け、眩む意識。

オレは視界に入った暗闇を首を振って払う。頬を二度叩き、意識をキープする。

「うっ!?」

――血生臭い……！

「ここは……」

家の壁沿いに並べられているのは鉄格子の檻《おり》だ。

檻の中には口元に血を付けた魔物が入っている。

「【おなか、すいたぁ……】」

「【ごは、ん……】」

「【よこせ、よこせ――！】」

中性的な高い声が鼓膜に響く。

この感じ――悪魔馬《オロボス》と同じ人魔か！

つまりここは人魔を作成する飼育小屋ってわけか。

どいつもこいつも凄い量の魔力の圧を感じる。

「待てよ……」

ふと、最悪のシチュエーションが頭に浮かぶ。

「……。」

同時に浮かぶ……一つの策。

オレという食料を求めて鉄格子に爪や牙を立てる人魔たち。

オレは檻に近づき、口角を上げた。

「……いいぜ。餌をくれてやる」

◆

オレは家から外に歩いて出る。

屍帝は8体のしもべの後ろに待機していた。

「ほう、まだ生きていたか……」

屍帝は一筋の汗を垂らしていた。

息が上がっている。生きているオレを見て、明らかに顔色を悪くした。

いま、オレはあの家の中に1分ほど居た。その間、追撃は一切なかった。

理由は簡単、奴にそんな余裕が無かったからだ。

「あんだけ大技連発すりゃ、限界は来るよな……。

お前、もうそんなに魔力残ってないだろう」

屍帝は玉座に座り、オレを睨んだ。

「全盛期と同じ感覚で技を使うからそうなるんだ。

テメェは一度、あの封印で魔力をゼロまで減らされたはずだ。

――５００人喰って得た魔力、しかしそのほとんどは非魔術師。

蓄えられた魔力は想像よりも少ない……」

しかしゾッとする。

奴の全盛期、魔力が無限にあった時代……手持ちの屍《駒》の質と量も今より遥かにやばかったのだろう。

全盛期のコイツを倒せた爺さんもサーウルスとかいう奴も、バケモンだな。

「貴様など、十年前ならば小指すら動かさず吹き飛ばせたと言うのに……！」

「だろうな。お前は強い。

多分、オレなんかじゃ戦うことすら恐れ多い次元の奴なんだろう。

――だがな、どんな相手だろうが条件さえ揃えば封じられる。

それがオレだ、封印術師だ」

「なにを勝った気でいるのだ!?

余の手駒、この魔術師8人を倒す術《すべ》が……貴様にはないだろうに!!」

「……あるって言ったらどうする？」

「なに？」

オレはポケットに指を突っ込む。

「文字通り、切り札さ」

オレは〝死〟と書かれた札を手に取る。

それは、師より受け取った唯一の魔成物。

爺さんが遺した、狂気の指輪――

「**解封**《オープン》、――〝死神の宝珠《オシリスオーブ》〟……！」

第二十八話　狡猾な罠

札から飛び出たのは指輪、爺さんから貰った赤い錬魔石が埋め込まれた指輪だ。

オレは指輪を右手人差し指に嵌め、赤い魔力を込める。指輪が赤く光り輝いた。

「爺さん……」

獄中で、修行の合間に師から受けた説明を思い出す。

『〝死神《オシリス》の宝珠《オーブ》〟を指に嵌めると赤の魔力を引き換えに、自分の身体能力を青魔無しで大幅に強化できる』

その上昇度合いは普通に赤魔を纏うよりも遥かに高いと、爺さんは言っていた。

だが、当然タダでそんな効果を得られるわけじゃない。

『制約として、この指輪は使用者の赤魔が無くなるまで外すことができず、延々と赤魔を絞り上げ続ける。当然、赤の魔力が尽きれば使用者の身体能力は一般人と同様になる。その状態で、魔術師を相手するのは至難だ。一度嵌めたら待ったなし。制限時間以内に決められなければ――』

――敗色濃厚。

「決めればいいんだろ決めれば！

力を寄越せ……死神ッ!!」

赤い魔力が目に見えるほど立ち昇る。指輪から湧き出た髑髏《どくろ》の形をした蒸気がオレを包んだ。

指輪から四本の赤黒の線が伸び、右肩のところまで線が引かれた。刺青《いれずみ》のように伸びたそれは、徐々に肩の方から縮んでいく。この線が、オレの赤魔の残量を示している。つまり、この線が全て消えたらオレの赤魔の残量はゼロになったと言うこと。〝死神の宝珠《オシリスオーブ》〟は解除される。


線の長さから察するに制限時間は……2分といったところかな。


「なんだ……なんなのだ！　その魔力は!?」

驚く屍帝の声。

オレは地面を蹴り、姿を消す。

一撃。

正面の棒立ちしていた屍の一人、ガタイの良い男の胸に右拳で風穴を空けた。

血しぶきが屍帝の足元まで飛び跳ねた。

「行くぜ、屍の王。

ケリをつけてやる」

「ふざけるな……ふざけるなぁ!!」

屍帝は玉座を解体し、玉座を構築していた骨をオレに向ける。

オレは飛んできた骨を拳の裏でいなし、破壊する。

そのまま屍帝に向けて一直線、加速する。

「ぬっ!?」

だがオレの突進は強化の魔力で体を強化した屍たちに止められた。

しかし一歩、
一歩だけ、奴が作った骨の輪より先に踏み込んだ。

「届く……!」

「なんとかせぬか!

魔術師ぃぃぃ!!!!」

屍帝が腕を振るうと、オレを押さえている連中の内、2人だけ残し他は一斉に引いた。

オレは残った2人の顔面を速やかに砕く。だが、

「【〝水の剣よ、乙姫に勇気を。氷の槍よ、戦士に希望を〟――】」

「詠唱術か……!」

確か、アシュの話だと詠唱術は高等技術だったはずだ。防がないとまずいが距離が遠い!

屍帝の後ろまでさがった女が詠唱を並べる。止めるには間に合わない!

「【――　〝氷水《ひょうすい》螺《ら》装《そう》〟　ッ!!】」

残った屍は5人。

男3人と女2人。

詠唱をしていた女と、もう1人の女に水の剣が装備される。

そして男3人には氷の槍が装備された。全員が息を合わせ、オレに武器を向けて加速する。

——時間が無い……！

のんびりしてたら赤魔が死神に喰いつくされちまう！

「どきやがれっ！」

3方向から飛んでくる氷の槍を、手刀で全て破壊。水の剣の突きは躱し、隙の出来た1人の女魔術師の腹を蹴り砕く。

残り4。

そこまで来て、奴はオレに背を向け走り出した。

「逃げんのか!?

——王のプライドはどうしたぁ!!」

「逃走は恥ではない！　膝を付くことも恥ではない！

王のプライドはただ一つ、君臨することよ!!」

奴のつま先はさっきオレが吹っ飛ばされたあの場所に向いていた。

「アレを喰らえば、魔力は回復する！」

奴の向かった場所、そこは、さっきオレが突っ込んだ飼育小屋——

「テメェ……！」

魔力を捕食で蓄える気だ。

「させるかよ!!」

オレは強化された体で地面を踏み砕き、接近する。だがオレの前に覆いかぶさるように、4人の壁が現れた。

「――獅鉄槍ッ!!」

オレは獅鉄槍を解封。右手に摑む。

槍を構え、連続で突きを繰り出す。頭、首、心臓を正確に貫き肉壁を突破。屍帝の背後を追う。

獅鉄槍を伸ばそうと魔力を込めるが、槍は伸びなかった。

緑魔――形成の魔力はもう一滴もないらしい。

「ここでか……!」

「よくぞここまで余を追い詰めた！

褒めて遣わそう！　封印術師ぃ！」

屍帝は地面に手を付き、全身全霊の魔力を込める。

「〝屍《し》死《し》嵐《らん》乱《らん》〟ッ!!」

骨の竜巻が、オレと屍帝の間に発生した。

「ちっ！」

――飛び込むか？

――いや、これ以上ダメージを受けたら――

「ここで迷ってどうすんだ馬鹿野郎ッ!!」

オレは竜巻の中に飛び込む。

骨の刃が全身を刻む。しかし赤き魔力はオレの体を完全に保護していた。かすり傷程度しかつかない。

オレは竜巻を抜けて、家の前に立つ。

——遅かった。

溢れんばかりの魔力が、一軒家から発せられていた。

「ふふっ。

フハハハハハハハハハハハハハハッ！！！！！」

口元に鮮血を付けた屍帝が、オレがさっきまで居た家から出てくる。

腹が膨れている。膨れた腹が横に伸び、だらしなく地面に付いている。

骨の半身も膨らんでいた。骨の隙間から真っ黒の袋が見える。あれが奴の胃袋か……！

奴の腹は元の大きさの二十倍ほどまで膨らんでいた。恐らく、あの飼育小屋にあった人魔を全て丸飲みしたのだろう。

「醜いが、すぐに消化は終わる。

さぁ来たぞ来たぞ！　魔力の奔流がっ！！！」

魔力の波が集落を揺らす。

駄目だ、今近づいたら間違いなく死ぬ——

時間が、時間さえあれば……！

「絶望しているか？　封印術師」

奴は余裕の表情で、垂れた腹を引きずりながらオレの方へ歩み寄ってくる。

「わかるだろう？

この魔力の量……貴様の勝機は完全に潰《つい》えた！　あの場所にあった人魔は、育てて手駒にする予定だったがまぁ仕方あるまい！」

地面から、馬の形をした骨と、巨人の形をした骨が構築される。

悪魔馬《オロボス》に、髭巨人《トロール》。

「屍に屍を運ばせた。

余が直接足を運ばずとも、こうすれば奴らの死体を回収できるというわけだ！」

骨は血を得て、魔力を得て、肉を得て、皮を得る。

体中にヒビが入っているだけで、オレが前見た通りの二体が現れた。

並び立つ、三つの脅威。

「ふりだしに戻る、ってか……」

突風、巨大拳、骨の渦。

三種の合わさった攻撃——

指輪は光を失った。

さすがに、無理か。時間が足らん。

オレが片膝を付き、諦めかけた時、

「ぬ？」

氷の槍と水の剣の突きが屍帝の背後を狙って木影から飛び出した。

「待たせたな大将ッ！」

「これで終わりです！」

カーズと、イグナシオだ。

「お前ら……」

どうやら屍が運んだのは悪魔馬《オロボス》と髭巨人《トロール》だけでは無かったらしい。

「雑魚が」

二人の奇襲はあっさりと骨の屍に摑み止められる。

だが一瞬、屍帝の意識が逸らされた瞬間に、水の魔術が高台から屍帝目掛けて撃たれた。

「〝水流射手《アクアシューター》〟　ッ!!」

水魔術の一撃は屍帝の脳天を直撃する。だが——

「これは魔術のつもりか？

話にならんな」

屍帝は一切傷つかなかった。

「有象無象《うぞうむぞう》が……！

余に挑むレベルではないわっ!!」

髭巨人《トロール》の拳がカーズを殴り飛ばす。

悪魔馬《オロボス》の風魔術がイグナシオを吹き飛ばす。

高台より這い出た骨の棘が、フレデリカの全身を裂く。

「カーズ！　イグナシオ！　フレデリカ!!」

一瞬、ほんの数秒でカーズは三列の建物、その中央の一軒家の屋根の上まで飛ばされ、イグナシオは森林に飛ばされ、フレデリカは高台の上で膝を崩した。全員、気を失っている。

屍帝が頬を綻ばせ、油断した時だった。

黒い閃光が屍帝の背後の森で光った。

「――色装《しきそう》、〝漆《しっ》〟。

〝呂色《ロイロ》稲魂《イナダマ》〟」

黒き稲妻が屍帝の顔面、その半分を消失させた。

抉れた屍帝の顔面から煙が上空に向かって上がる。

「ほう……？」

だが奴は再生者、すぐに再生する。

「アシュか……！」

「そうだな、このレベルなら魔術と呼んでもいい」

屍帝が指をパチンと鳴らすと、骨の竜が屍帝の背後から上がった。

骨の竜は屍帝の背後の森に襲い掛かり、一人の少女を口に咥《くわ》えて帰ってくる。

骨の竜に咥えられたアシュが屍帝の眼前の地面に空中から落下する。

「ぐっ……!?」

後頭部を打ち付け、アシュの瞼は上がらなくなった。

「――――ッ!?」

踏み出そうとした自分の足を腕で止める。

待て、落ち着け。

屍帝の目を見ろ。アレは殺す目じゃない。

「貴様――内にもう一人、飼っているな」

屍帝は倒れたアシュの服を破り、へそを露出させる。

露出させたアシュの腹を観察し、奴は笑った。

「ほう！〝太陽神《ラー》の呪い〟か！

神を冠する呪いは世に三つとあるが、太陽神《ラー》は珍しい！

《灰色の領域》、そこにたどり着くまでは貴様の命は奪わないでおこう」

屍帝はアシュの首を掴み上げ、己の背後へ投げ捨てた。

「さて、これで片付いたな。

しぶといことに、一人残らず息はあるようだな。

――あの小娘以外皆殺すが、まずは貴様だ。封印術師……」

屍帝が悪魔馬《オロボス》と髭巨人《トロール》の間を縫って歩み寄ってくる。

右手を挙げ、骨の鎌を作成した。長い鎌だ。大きく距離を取りながらも、オレの首を落とせる鎌。

奴の膨らんだ腹が萎んでいき、前の細身の状態に戻った。

「良い運動になった。

おかげで消化も終わった」

ようやくか。

長かった……。

「最後になにか言い残すことはあるか？

遺言ぐらいは聞いてやろう……」

――その時、骨の鎌が塵に変わった。

「……む？」

「おい」

オレは顔を上げて笑う。

「最後になにか言い残すことはあるかよ？

遺言ぐらいは聞いてやるぜ……」

屍帝は、自分の右手に視線を落とす。

「……貴様何をした？

魔力が、乱れていく!?」

悪魔馬《オロボス》と髭巨人《トロール》の屍が足元から崩れ落ちる。

屍帝はオレを見て、「まさか……」と呟いた。

「悪いな。お前のペット、腹減ってたみたいだったからよ、
勝手に餌あげちまった」

「余の配下に封印術を仕込んで――ぐふっ！！？」

あの飼育小屋で、オレの頭に浮かんだ最悪のシチュエーション。それはあの人魔を食べて、奴が魔力を取り戻すこと。

だから人魔に仕込んだ。飲み込ませた。魔力を散らす毒を――五角形の字印が刻まれた小石を。

あの小石が、十五個の小石が、奴の魔力を蝕むまで時間は要したが、無事発動したようだ。

「あ、ありえん……！

こんなことが――」

「それで終わりじゃないぜ、屍帝。魔力が封印され、その器がお前の胃液に溶け、壊れた時、その中身はどうなると思う？」

ボンッ!!　と屍帝の腹に穴が空く。

魔力を封印された小石、それが奴の胃液で崩れ、中身を弾きだす。弾きだされた魔力は奴の支配下にあるモノじゃない。オレの支配下にあるモノだ。ここからじゃ干渉できないが、行き場を無くした魔力は暴走し、破裂する。

「が、——はぁ！　き、さま——！　余が奴らを喰うと、読んでいたのか……!?」

「お前の消化の悪さは計算違いだったがな」

これで、奴の魔力量はオレを下回ったはずだ。

あとは……あとは野郎をぶん殴れば終わりだ！

「——おしまいにしようぜ、再生者。封印術師シール＝ゼッタの名に懸けて、テメェを封印するっ!!」

オレは武器を捨て、拳を握る。

あとは一発、拳をぶち込むだけ——

「確かに余の魔力は間もなく消失する！　だがなぁ！！！！」

巨大な竜巻が奴を包み込んだ。

「〃火水氷炎《かすいひょうえん》、融《と》けることなき万象《ばんしょう》の嘆《なげ》き。王の下《もと》に群れを成せ。平伏《ひれふ》せ理《ことわり》〃いい！！！

――獄の門、七番！〝パニッシュゲート〟ォ！！！！！！」

詠唱術。

屍帝は残った魔力を総動員し、巨大な骨の束、その中心に炎・水・氷を混ぜ込んで顕現《けんげん》させる。

巨大な破壊の渦が奴の頭上に浮かんだ。

「まったく、往生際がわりぃなぁテメェは!!」

「相討ちならば余の勝ちだ！

例え魔力が無く、肉体滅びようとも！　余は再生者！　いずれ復活するッ!!」

骨の束が地を這い、オレを飲み込もうと迫る。

もう避ける足は残っていない。

防ぐのは絶対に無理だ。

「……!?」

破壊の渦が視界を埋め尽くした。

第二十九話　囚人の反逆

骨の塊が地面を砕き、巨大な土煙を生み出した。
屍帝はその光景を見て、勝ちを確信する。
「勝った。勝ったぞ！
遂に封印術師を仕留めた!!」
ガッツポーズし、土煙に背を向ける屍帝。
「見よ……見よ！
　これが余の――」
そこで、屍帝は気づく。
背後に忍び寄る足音に。
煙を切って飛び出す裸の男の姿に。

◆

◆

◆

迫る骨の束。

オレは予め用意しておいた札を手に取る。

——二つ目の、切り札だ。

その札に描かれるは円の字印と——オレの名前だ。

オレは丸めた札を骨の束に向かって投げた。同時に右拳で自分の脇腹を殴り、字印を付けた。

「——封印《クローズ》ッ！」

体が、投げた札に吸い込まれていく。

自己封印。

爺さんは以前に自己封印は難易度が高いと言っていた。

だが爺さんは封印に対して難易度が高いと言ったわけじゃ無い。爺さんは自己封印した後の解封に対して難易度が高いと言ったのだ。

恐らく、オレは封印されたら自力で抜けられない。

シュラに聞いたことがある。封印されている時、どんな状態だったかと。聞くと、シュラは『まったく記憶がない』と言っていた。封印されている時、意識はないのだろう。意識が無ければ解くこともできない。

オレがこの先成長すれば解封もできるようになるのだろうが、今は無理だ。

だが、封印術を解く方法はオレが解封することだけじゃない。器の破壊だ。

オレは札を奴の攻撃で破壊させ、自分を解封する手を取った。

オレは札に引っ張られ、封印された。

──次に意識が戻った時、オレは土煙の中に居た。

札《器》が破壊され、中身が出るまでおよそ0・8秒、干渉されない時間がある。それを使って奴の攻撃を躱したのだ。

オレは裸になっていた。当然だな……。

骨の欠片を拾い、己の血で字印を描く。そして字印の周りに、奴の名を刻んだ。

『勝った。勝ったぞ！

遂に封印術師を仕留めた!!』

馬鹿の声が聞こえる。

オレは裸足で地面を穿《うが》ち、土煙より外に飛び出した。

「見よ……見よ！

これが余の──」

奴がオレに気づき、後ろを振り返る。

すでに赤魔は尽きている。だが、この距離──

──拳は届く。

「烙印《マーク》……」

左拳が奴の生身の右頬を殴った。

字印が、浮かび上がる。手に持った骨の欠片は青く光った。

——長かった。

この十歩が、本当に長かった……。

「屍帝、〝レイズ＝ロウ＝アンプルール〟」

「き、さまあああああああああああああっっーーーーーーーーー！！！！」

「テメェに、無期懲役をくれてやる……」

——封印《クローズ》。

骨の欠片から渦が発生し、奴を飲み込む。

成立さえしてしまえば、後は抗うことはできない。

「ふざけるなぁ！　許さん、許さんぞぉ!!

封印術師ぃぃぃぃぃっ！！！！！」

屍帝はなんの抵抗もできず、骨の欠片に封印された。

「あぁ、マジで疲れたぜ……」

オレは赤く光った骨の破片を掴み、大の字に倒れる。

「なぁ爺さん。

半人前ぐらいの活躍はできただろう」

波は去り、シーダスト島に平穏が訪れる。

こうして、屍帝〝レイズ＝ロウ＝アンプルール〟との戦いは終わった。

◆

戦いは終わった。

オレはとりあえず屍帝が穿いていたズボンを穿き、一番重傷そうなカーズの方へ向かおうとする。

だが――

「いっ!?」

膝がガクンと落ちる。

忘れていた。オレもかなーり限界だった。

奴を封印した骨の破片をポケットにしまう。

状況はまだ軽く悪いな。オレ、ここから動ける気がしない。魔物が一匹でも来たらジ・エンドじゃねぇの?

獅鉄槍とルッタとオシリスオーブが地面に散らばっている。

自己封印の際、オレに置いていかれ、器が壊れて飛び出したのだろう。

後処理が中々大変だな、コレは。

「……っ!」

マジで、ふざけんなよ……!

影が落ちた。集落に、羽の生えた生物の影が落ちた。

見上げると、空から一匹の竜が舞い降りて来た。

黒い竜、瞳は真っ白で、歪なオーラを纏っている。

味方じゃないと一瞬でわかる。

その全身から放たれる魔力は、屍帝よりも上だった。

竜は翼で風圧を作りながら、オレのすぐ目の前に降りてくる。


「おーいおい。

屍帝の野郎を迎えに来たら、なんだこりゃ？」


黒き竜。

しかし、真にヤバいモノは、その背中に乗っていた。

そいつは竜の背から飛び降りる。黒のマウンテンハットを押さえながら。

背の高い男、白の長髪。黒のロングコートを着ている。腰には見たことの無い筒状の何かを仕舞っていた。

男が顔を上げ、オレを見る。

オレはそこではじめて奴の顔を認識する。

「――――」

言葉を失うとは、こういう状態を言うのか。

その男の顔はシワが付いており、一見穏やかそうに見える老人。


――『少年、名はなんと言う？』

知っている顔だった。

――『肩叩き、上手くなったな』

居るはずのない顔だった。

だってそうだろ、アンタは、アンタはひと月前に確かに――――!

「爺さん……!?」

「あァ?　誰だテメェ」

第三十話　金色の光

その髪色も、顔立ちも、背の高さも、変わらない。

だが目の色だけが違う。爺さんは青と銀のオッドアイだったはずだ。しかし、目の前の男は両目とも紫。

あと、ほんの少し……若い気がする？

コイツ、やっぱり爺さんじゃ無い？

「爺さん……？」

「爺さんってのは誰のことだよ。

――あぁ、もしかして、兄貴と間違えてんのか？」

兄貴？

まさか、

「お前、爺さん――バルハ＝ゼッタの……！」

「アイン――じゃなかった。

バルハ＝ゼッタは俺の兄貴さ」

爺さんの弟。

よく似ている。似ているが、纏っている空気はまるで違う。
荒々しく、歪んだ空気。
路地裏に潜む鼠《ねずみ》のように、下品な空気だ。
「ちなみに俺と兄貴は最悪の関係だ。
お前さんが兄貴と知り合いだからと言って、味方なわけじゃないぜ。
むしろ敵だ。つーか魔人だしなぁ、俺」
爺さんの弟が魔人だと!?
魔人――魔物を喰らい、瘴気を取り込んだ人間……!
魔人のことを語っていた時、爺さんは苦い顔をしていた。
もしかして、弟が魔人になっていたからなのか？
「さて質問だ坊主。
お前は兄貴のなんだ？」
爺さんの弟、魔人は銀色の筒状の物体を手に取り、カチッと音を鳴らした。
「コイツは銃って言ってな。
引き金に俺が力を込めると、この穴ぼこから魔力の塊が出る。
状況的には今お前は喉元にナイフを突きつけられているって感じかな」
銃。
そう呼ばれる武器の穴の空いた部分を、魔人はオレに向けた。
「オレは……」

正直に言うべきか？
いや、屍帝のように封印術師を嫌っている可能性は高い。
オレが封印術師だとわかったら、すぐさま殺される可能性がある。
迷う。
良い嘘も思い浮かばない。
知り合い、友人、家族？　適当に装ったところで結果は変わらない気がする。

「オレはバルハ＝ゼッタの弟子だ」

オレが言うと、魔人は銃と呼ばれる武器を下ろし、「マジか……」と笑みを浮かべた。
爺さんに似て温かく、穏やかな笑顔だった。
「アイツが弟子か！
ヒヒッ！　こいつは面白れぇ!!
あの男が弟子とはねぇ！　世の中なにがあるかわかんねぇもんだなぁ!!」
腹を抱え、人間のように笑う魔人。
人魔——屍帝と違って、言われないと目の前の奴が魔人だとはわからない。
「じゃあなんだ！
お前、封印術師か!?
まさかまさかぁ！　屍帝の野郎を封印したのか！」

魔人はオレの側に寄って来る。

オレはビクッと警戒するが、拳を構えられるほども力が入らない。

迫る魔人の右手、オレはなにをされるかと恐怖するが、魔人はオレの頭を――撫でた。

「すげぇじゃねぇか！　その歳でアイツを封印するとはなぁ！

かなり弱ってたとはいえ、魔族の頂点の一つだ。

――しかし、なんだ……」

魔人はオレの胸板をペタペタと触ってくる。

「細いなぁ……ちゃんと飯食ってるか？

最近の若者は野菜ばっか食べるからな。肉と野菜、ちゃんとバランスよく摂取しろよ」

「テメェ……触るな！」

オレは右腕を振るう。

魔人は軽いステップで躱し、腰に手を付いた。

「なにかご褒美をやろう！」

魔人は長ズボンのポケットに右手を突っ込み、袋に包まれた丸い物体を取り出す。そしてそのまま右手をオレの目の前に差し出した。

「飴《あめ》だ。氷雪地帯で取れた〝水糖飴《ウオーターキャラメル》〟って言ってな、めちゃくちゃ甘いがめちゃくちゃ苦い。おススメだ」

オレは無言で飴を右手で受け取る。捨てるのは確定だがな。

しかし、コイツは一体なにを企んでいる。

馴れ馴れしくしやがって……爺さんに顔が似てるから何となくやりづらい。

「さて、じゃあ本題と行こうか。

俺は今、お前を殺せる。そこらに散らばっているテメェの仲間もまとめて殺せる。

お前はそれを防ぐためになにを差し出せば良いと考える？」

野郎、試すような言い方しやがって。

選択肢は一つしかないのはわかっている。

「――屍帝の身柄と引き換えに、オレ達の安全を保証してもらう」

「だよな」

オレはポケットから、骨の欠片――屍帝の封印物を手に取り、手を広げて魔人に見せる。

「ここに屍帝は封じられている。

これで、オレ達を見逃してくれ」

「――減点1だ」

魔人はオレから破片を受け取り、笑ってそう言った。

「交渉で先に手札を見せるのは悪手《あくしゅ》だな。

まずは自分の条件を呑ませる。これは絶対だぜ。

もし俺がコイツを受け取った後で、お前らを殺そうとしたらどうするつもりなんだ？」

「テメェ……！」

「安心しろよ。俺は優しいから皆殺しにはしねぇさ。

次があったら気をつけな」

魔人はオレに背中を向け、黒竜の方へ歩いて行く。

ホッと胸を撫でおろす。なんとか見逃してもらえたようだ。

あそこまで苦労して封印した屍帝を手放すのは苦い感情があるが、今は奴をこの島から追い出すのが最優先。

「減点1……なぁ新米封印術師よ。

痛みが無いと教訓は身に染みないってよく言うよな？」

魔人が、足を止めた。

「なにが……言いたい？」

「オレはこの減点1点分、お前に痛みを与えようと思う」

魔人は顔だけこちらに向け、下卑《げび》た笑顔——魔物の笑顔を浮かべた。

「お前の仲間を一人殺す。

そうだな、あそこで倒れている金髪の女にするか」


「————ッ!?

お、おい……！」

ここで、ようやくオレは実感した。

目の前の男が紛れもなく魔物であることを。

「はっはっは！　俺って優しいな。

これでお前は今日、この日の失敗を忘れないだろう……」

「やめろ、やめろ……！」

魔人は黒竜を避け、地面に倒れているアシュの方へ向かっていく。

オレは体中の力をかき集める。なんとか、立ち上がる。

フラフラだ。一歩も動けない。

それでも、それでも——

「止まれ、止まれよテメェ……！」

「オイオイお前のためにやってんだぜ。

そう睨むなよ、傷つくだろう」

伸ばす手は届かない。

それどころか、どんどん魔人は遠ざかっていく。

右膝から力が抜け、崩れる。

片膝を付きながら、手を伸ばす。

——『そうか……じゃあ、味覚封じの呪いも〈陰陽一体の呪い〉もまとめて解いて、もう一回この店に来ようぜ。三人でさ』

約束した。

呪いを解いて、三人でミートパイを食べると。

ふざけるな、お前のそんなつまらん教訓で、散らしていい命じゃねんだよ……！

「動くな——」

足が滑り、地面にうつ伏せに倒れる。
地を舐めながら、オレは顔を起こし、魔人を睨む。
「動くなって……」
魔人が武器を構え、眠るアシュに向けた。
――その時、頭の中で何かが壊れた。
「そこから一歩たりとも――
動くんじゃねええええええええええええええええええええええ！！！！！！」
金色《こんじき》の光が、視界で弾けた。

第三十一話　災厄の火種

地面から金色の光が浮かび上がる。

光は集《つど》い、鎖の形となって魔人に向かって伸びた。

伸びた鎖の本数は4。

それぞれ別の軌道で魔人に迫る。

「――――ッ！

なんだぁ！！？」

4本の鎖は背後から魔人を貫く。

魔人の体に傷はない。だが、鎖によって貫かれた魔人は、一歩たりとも動かなくなった。

「これは……」

なんだ、この金色の鎖は？

オレが倒れている地面から伸びている。

オレが出したのか？

よくわからない、よくわからないが、アイツを止められるのならなんだっていい！

オレは右膝を立て、体を起こす。そして右手の人差し指を魔人に向ける。震えながら、振り絞りながら。

「これは『命令』だ。

テメェは指一本、動かすんじゃねぇ……！」

「オイオイ……オイオイオイオイオイオイオイッ!!

なんだこりゃ、マジで動かねぇぞ……！」

突如降って沸いた力。奇跡だ、あと一歩遅かったらアシュは殺されていた。

だが、未知なる力を操るのは簡単なことではない。

オレの体にほんのり残っていた操作の魔力《青魔》が栓を抜かれたかのように急速に放出された。

「ぐっ!?」

バキン！　と鎖が崩壊する。魔人に壊された感じじゃない。自然と自《みずか》ら崩壊したように見えた。

青魔が底を突いたことで形を維持できなくなったのだろう。

青魔が切れれば魔術師は能無しだ。今度こそ、全てが尽きた。

魔人、爺さんの弟は首を鳴らし、足のつま先をオレに向けた。

その顔は笑いながらも、一筋の焦りが走っていた。

汗が一滴、零れ落ちた。

「坊主、テメェ一体……」

魔人は何かを言いかけて、空を見上げる。

「〝遊楽《ゆうらく》の風よ、雷霆《らいてい》運びて檻を成せ〟」

どこかで聞いたことがある男の声が、上空から聞こえた。

「《雷柱折檻《らいちゅうせっかん》》」

風を切る音……上から何かが飛んできている。

オレは首の筋肉を動かし、なんとか空を見ると――いつか出会った吟遊詩人が、無数の雷の槍と共に落ちてきていた。

「はっはぁ！
　こりゃ、まずいねぇ!!」

魔人は黒竜に飛び乗る。黒竜は目にもとまらぬ速度で後進し、木々をなぎ倒す。

さっきまで黒竜と魔人が居た場所に、無数の雷の柱が出来上がる。

その雷の柱達の中心に、くたびれたロングコートを着た男は立っていた。

雑に生えた顎髭、清潔感のないボサボサの灰色の髪。間違いない……。

「ソナタ、キャンベル……」

ソナタはオレに背中を向けながら、目線だけを送ってくる。

「やー、会長。元気かい？
　助けに来たよ」

「誰が会長だ……」

「ごめんね会長。
　再会リサイタルは後回しだ」

黒竜に乗った魔人と、ソナタ＝キャンベルは向き合う。

——空気が違う。

ピリピリと、張り詰めた空気。指一本の動きさえ、互いに見逃さない。そんな迫力を感じる。

「ほうほう。お前がソナタ＝キャンベル……、〝天に仇為す者達《ナチュラルエネミーズ》〟か。テメェもアドルフォスも、とことん魔帝《おれたち》の邪魔するなぁ」

「君たちに嫌がらせするのが僕らの仕事だからね」

「そりゃお互い様か。

テメェとここでやり合うのは……ちと面倒だな。

退いてやるよ。目的は果たした」

魔人は竜を空へ羽ばたかせる。

「新米封印術師！

悪いが封印術師に真名は名乗れないんでな！　俺のことは〝銃帝《じゅうてい》〟と覚えてくれ！

次会ったら茶でも飲もう。

——あばよ！」

黒竜が空高く飛び上がる。

ソナタはジッと黒竜を見て、「会長」とオレに視線を寄越さずに話しかける。

「僕はね、本気を出せばあんな大きな竜すら飲み込む雷の竜を作れるんだ」

「——本当かよ……」

「うん。信じてみて！」

まっすぐな視線を、ソナタはオレに一瞬だけ向けた。

オレはソナタの目を信じる。これまでの芸当を考えれば、できても不思議じゃない。

「ま、アンタならできるだろ」

「——よしキタ！」

ソナタの舌が光り、緑色——形成の魔力がそこら中から湧き出した。

「出《い》でよ雷竜ッ!!」

緑の魔力は一斉に青色の雷へ変わり、竜の姿を象った。

「すっげぇ……！」

あの黒い竜——いや、屍帝の配下に居た髭巨人《トロール》すら飲み込む大きさだ。

雷竜は黒き竜の後を追う。その速度はまさしく雷、あっという間に竜と銃帝を捉えた。

——バチッ！

雷竜は炸裂することなく四散した。

銃帝が持つ〝銃〟という武器、その先端から煙が出ている。

あの男が、何らかの手段で雷竜を消したのだろう。

ソナタと銃帝は最後にもう一度、互いに目を合わせる。

『次会ったら殺す』

多分、お互いにそんなことを思っていたのだろう。そういう目をしていた。

オレは敵が去ったことを確認し、全身の強張りを解いた。

「会長？」

視界が暗く沈む。

ソナタが来たことで何かが切れたみたいだ。緊張の糸ってやつか？

あぁ、ダメだ。意識が——


——黒竜の背中にて——


シーダスト島、近海〝ブラオゼ海〟。

その上空に飛ぶ黒き竜。その背には一人の老人が乗っている。

「おら、起きろ屍野郎」

老人——銃帝は骨の破片を握りつぶす。

すると、骨の破片から半身が白骨化している裸の男が現れた。

屍の王、屍帝である。

「ここは!?」

屍帝は周囲を見渡し、側に立つ銃帝に目を合わせる。

「銃帝ッ！　貴様が余を解放したのか！」

「まぁな。感謝しろ。
わざわざこんなとこまで来たんだからな」
「余を封印した封印術師が居たはずだ！
まさか殺してないだろうなぁ……！」
銃帝は「およ？」と眉を曲げる。
てっきり逆の言葉、『ちゃんと殺したんだろうな』と聞かれると思ったからだ。
「奴は余が殺す！
必ず、余が殺すのだ！　絶対に手を出すなよ!!」
「はっはっはぁ！
お前のそういうとこ、嫌いじゃないぜ。
今は手を出さんさ。アイツを殺すのはもうちょい後だ。
ありゃきっと面白いことになる」
「ふん、よくわかっておるではないか。
あの封印術師、中々潜在能力は深い。
奴とは、長い付き合いになりそうだ」
「お前の〝屍死操術《ししそうじゅつ》〟は生前の能力を超えることはできない。
今のアイツをお前の手駒にしたところで、勿体ないもんな」
屍帝は急造で骨の玉座を作り、裸で鎮座する。
「やはり、戦いとは緊張感があってこそ。

昂《たかぶ》る。実に昂るぞ！　奴との戦いは退屈しない！
弱いながらも手札を存分に使い、多種多様な攻め、罠で歯を立てる！
あの足掻きは、屍にはできん。生者のみしか、足掻くことはしないからな」
「負けた癖に全然怖気づかないんだな」
「余は負けていない！
貴様が来て余を解放するところまで計算通りよ！
今回は、引き分けだ！」
「お前、本当に面白れぇなぁ！
ポジティブ思考の権化《ごんげ》だぜ」
屍帝は表情を無に戻し、頬杖をつく。
「それで、なぜ貴様が余を助けた？
我々魔帝同士に絆など一片たりとも無かろうに」
「これからは団体行動を志してもらうぜ。
時代は変わりつつある」
「質問に答えろ」
「俺は今、世界中で有力な魔帝を集めてるんだよ。
ざっと十体ってところかな、目標は。
災厄の十体だ。お前はその内の一体として申し分ない性能をしている」
「ふん！　目的はなんだ？

つまらない望みなら余は手を組まんぞ！」

「ま、それは後のお楽しみさ。

そうそう、お前さんには死体《プレゼント》も用意してるぜ」

「ほう？」

「そいつは魔帝じゃねぇが、災厄の一角として働いてもらうつもりだ。

五年前起きた災害、〝ニシリピ崩落災《ほうらくさい》〟。それに巻き込まれ、死んだあの男の屍をなんとか回収できたからな……」

銃帝は「ヒヒッ！」と笑い声をこぼす。

「誰だ？」

「お前もよく知ってる金髪の男だよ。奴もまた、バルハやアドルフォス、ソナタと同じ〝天に仇為す者達《ナチユラルエネミーズ》〟に数えられていた男だ」

「——ッ!?

　まさか……！」

「そのまさかさ。

世界が覆えるのもそう遠くはないぜ——ヒヒッ！」

黒竜は瞬く間に加速し、何百キロという距離を飛んでいく。

青き海を越え、赤き海の空を渡る。

災厄の火種が、集まりつつあった。

第三十二話　夢

「……。」
目が覚めると、太陽は沈み、夜になっていた。
ちょっぴり肌寒い風が頬を撫でる。
背中には柔らかい藁《わら》の感触、外套が布団代わりに掛けられていた。
服はオレがバッグに入れていた予備の物が着せられている。
焚火《たきび》の散る音、仲間たちの声。
シュラ、カーズ、イグナシオ、フレデリカ、ソナタ。
木々の匂いからしてまだシーダスト島の中だ。なんだか、地面がザラザラしている。
あぁ、ここは砂浜か。船が着岸したところだな。
オレは上半身を起こし、ボサボサの頭を掻いた。
「お目覚めかい？」
ソナタ＝キャンベルが木皿にドロドロのスープを入れて持ってきた。

オレは木皿を受け取る。白いスープにはこの島で採れる木の実やら果実やらがぷかぷか浮かんでいた。

「ヤシの実を甲羅から生やす亀が居てね。

このスープはそのヤシの実から採れた汁を煮て作ったんだ」

オレはスプーンで白い液体を掬い、口にする。

少し甘め。飲んだそばから力が漲《みなぎ》る感覚がある。中に入っている果実も美味しい。

ソナタはオレの側にある岩を椅子にして座った。

「アンタ、この島がヤバいって知ってたのか？」

「屍帝——アレを封じた棺は騎士団が管理していた。でもその棺が盗まれてね、僕はなんとか盗人を追い詰めたんだけど、土壇場で海に捨てられちゃったんだ。

盗人《ぬすっと》を捕縛した後、海を捜索したけど棺は見つからなくてね。棺の漂流地候補の一つがこの島だったってわけ」

あの棺は屍帝が封印されていたとはいえ、実質総重量は棺一個分だ（封印物に封印された者の体重は加算されない）。簡単に海流に流されてしまうだろう。

「騎士団が管理していた棺が盗まれて、なんでお前が出張ったんだ？」

「僕が騎士団の大隊長だからさ。

——あ！　大隊長って言うのは騎士団長より一つ下の役職でね、ぼくの他には二人しかいない」

「騎士って柄じゃねぇだろ。吟遊詩人はどうした？」

「本職は吟遊詩人！　副職が騎士団さ！」

「絶対逆だろ……」

オレはスープを平らげる。

「そんで大隊長様はなんで〈ディストール〉に行った？」

ま、なんとなく想像はつくが。

「僕は棺の場所を知るために〈ディストール〉に行ったんだよ。棺の漂流地候補は軽く10を超えていたから手に負えなくて」

「爺さんを頼ったわけか」

「封印した本人なら封印物の場所もわかるかもしれない、と思ってね。あの時、君に出会った時に君からあの人が亡くなったことを聞いていれば、もっと上手く立ち回れたんだけどねぇ。失敗失敗」

「どうやってここまで来た？」

「船さ。無謀にも捜索隊が出たって聞いてね。慌てて追いかけた。来たら来たで黒い竜が降りて行ったから、『これは間違いない』って思って駆け付けたわけさ」

ソナタが海岸沿いを指さす。

そこには小型だが船が浮かんでいた。

「操舵手はあの船の中で待機しているよ。明日、君たちも一緒に乗せて行ってあげるね。行き先はマザーパンクだ」

一日、予定より遅れたな。

別に時間に制限がある旅じゃないからいいけど。

月の影が水平線上に浮かんでいる。

焚火を囲み、がみがみと何かを言い合っているカーズとイグナシオ。それを呆れながら見守るシュラとフレデリカ。和気あいあいとした空気……。

「アレは君が守った景色さ」

「だが、あの災厄を——屍帝を逃した」

「撃退しただけで十分。

君は知らないかもしれないけど、あの屍帝《人魔》は本当に凶悪な存在なんだよ。

それこそ、国で総力挙げて討伐するレベルでね。

弱っているとはいえ、アレを撃退するなんて凄いよ」

なんとなく、わかっていたさ。

あの屍帝《骨カス》はきっと、オレが想像するよりも遥かに凶悪な存在。だからこそ逃したのが悔しい。

「君は、本当に『良い』予想外の存在だ」

「買いかぶりすぎだろ。

大したことない。今回は運が良かっただけだ」

まったく、オレは下に見られるより買いかぶられる方が嫌いなんだから勘弁してほしいものだ。

「体は、治ってるみたいだな」

オレは自分の体を触る。

魔力は回復しきれていないが傷は大分治っているようだ。

「行ってくるといい。

こういう時間は貴重だよ」

オレは立ち上がり、砂浜の上でキャンプする仲間の方へ歩いて行く。

「お！　目覚めたか大将！」

「無事で何よりです！　シール！」

「心配かけたな……お前らも無事で何よりだ」

胸倉を摑み合いながら嬉しそうな視線を向けてくるカーズとイグナシオ。

シュラは「ふん」と唇を尖らせてそっぽを向いた。フレデリカは「お疲れ様です」と頭を下げた。

オレはフレデリカが椅子代わりに使っている流木に腰を据える。焚火を挟んで反対側にカーズとイグナシオ、オレから一歩距離を離して左側にフレデリカ。右側には砂浜に直に座るシュラの姿がある。

「よし、全員揃ったところで始めるか」

「なにをだ？」

「……この島で亡くなった方々の弔いです」

予めカーズ達が集めてくれていた死体に火を点ける。

火は死体から死体へ移っていき、巨大な炎の塊へと変化する。

ソナタ以外の全員が火を囲んで煙の行方を見届けていた。

「死体は全て魔物の手で汚染されてたからな。

持ち帰ることはできねぇんだとよ」

「生存者は、オレら以外に居なかったのか？」

「ああ。島中探したが、仏以外居なかったよ」

「そっか。

——焼いて、その後どうするんだ？」

オレの質問にフレデリカが答える。

「灰を樽《たる》の中に入れて海へ流します。海賊式の弔い方法です……」

フレデリカの瞳には仲間たちに向けた涙が浮かんでいた。

フレデリカの言う通り、灰を樽に入れ、海へ流した後、オレ達はさっきと同じ配置で焚火を囲んだ。

「辛気《しんき》臭い話はこの辺にして、ここでいっちょ夢比べと行こうぜ！」

カーズが立ち上がり、提案する。

「なんだぁそりゃ？」

「順々に夢を発表して、誰の夢が一番大きいか勝負するのさ」

「そんな勝負を切り出すからには、アンタは大層デカい夢を持ってるんでしょうね？」

「もちろんだ。

俺様の夢はギルドの総大将！　いずれギルドを束ね、騎士団をも超える組織にする！」

ギルドの総大将、
簡単に言うと、ギルドの頂点ってことか？

「俺様のギルドを立ち上げたらお前らにも参加してほしいと思っている。

ま、フレデリカはもう他のギルドに入ってるから別としてな。イグなっちゃんも歓迎するぜ」

「お断りです！」

「私も嫌よ」

「オレは一応、保留って形で」

「おいおい、つめてぇなぁお前ら」

ギルドってのをオレは良く知らない。そのトップがどれほど凄いことかも知らない。

だがこれほどまでに自信満々に〝オレの夢が一番だ〟と宣言しているのだから、ギルドの総大将ってのは凄いのだろう。

一ギルド員であるフレデリカが〝マジか〟って顔してるしな。

「残念ながら、ぼくの夢の方が大きいですよ。ガキ大将さん」

「お、やっぱり張り合ってくるか。イグなっちゃん」

「当然です！

ぼくの夢は騎士団長ッ！　帝国騎士団のトップです！」

騎士団長――ってのは凄いな。さすがのオレもそれはわかる。

騎士団の総人数は数えきれないほど居るはずだ。ディストールにさえ何十人と居たんだからな。

そのトップが軽いはずがない。

この世の常識を知っているであろうフレデリカが〝マジか〟って顔してる。

「なるほどねぇ、イグなっちゃんと俺が相容《あいい》れないのは当然のことだったな」

確か騎士団とギルドは水と油だって話だったな。

その両陣営のトップを目指す二人、根っこから相性が悪かったのだろう。

「二人共馬鹿げた夢ね」

シュラのため息まじりの発言にイグナシオがムッと眉を細めた。

「シュラちゃんはなにか夢はおありですか？」

「夢って言うのかわからないけど、強《し》いて挙げるなら〝呪解《じゅかい》〟よ」

呪解、これはもう文句なしのデカい夢なんだろうな。

カーズ、イグナシオ、フレデリカ。全員が〝マジか〟って顔してる。

決着だな。

ギルド総大将も、騎士団長も既に成った奴は居る。だが呪解は前例なしだ。

「そ、そっちの二人はどうだ？

フレデリカ、お前さんはなにかあるか？」

カーズが話の対象をフレデリカに移す。

自分の夢がシュラに負けてると思ったゆえにだろう。

「私はとりあえず、ギルドの再建でしょうか。

この件で大分《だいぶ》痛手を負いましたし……」

オレが知る限りでも八人は死んでいたからな。

それに、この件の黒幕も探さないといけないだろうし、フレデリカが一番面倒な状況にあるのか。

「シール、アンタはどうなの？」

シュラが聞いてくる。

シュラは軽い好奇心を瞳に灯している。他の連中も興味津々《しんしん》の様子だ。

そんなに興味あるか？　オレの夢なんて。

「夢、か……」

オレは一考する。

世界一周……一流の魔術師……手紙を届けること？

いや——

——『君は半人前だ。

ゆえに、半分だけ名を渡す』

「……。」

そうだな、とりあえずは……。


「〝バルハ＝ゼッタ〟になることかな」


オレが言うと、全員がポカーンとした。

「どういう意味だ？」

「一人前になるってことさ」

どうすれば一人前だと認められるかは知らない。

だが一人前になるための条件の一つはわかる。

人生ノート。

あれを一冊分埋めるぐらいの経験はしないと駄目だろう。

遠いかな……いや、きっとすぐだろうな。まだ牢屋から出て数日しか経ってないのに、こんな景色に巡り合えるのだから。

夜の海は神秘的で、砂浜を照らす炎は心底温かい。

生まれてはじめて同世代の仲間、それが四人もできた。いや、アシュを入れたら五人になるのかな。

馬鹿なことで言い合いになるカーズとイグナシオ、眠たげなシュラ、穏やかに笑うフレデリカ。

——この景色は飽きないな。

「不思議な方達ですね」

フレデリカが言う。

「騎士団長にギルド総大将、それに呪解……どれもこれも、普通の夢じゃないです」

「そうだな、馬鹿げた連中さ。でも、アイツらと居ると退屈はしないだろ」

「ふふっ、そうですね……」

ありゃ、はからずして良い感じの雰囲気だ。

「シールさん、私、本当に貴方には感謝しています。

貴方が助けてくれなければ、今頃どうなっていたことか……」

フレデリカはどこぞのお嬢様みたいな空気があって、飛びつきがたいオーラがある。

しかし、体は見るからにフワフワしていて、妙な抱擁感がある。母性、とでも言うのだろうか。

夜の海は魔性だな。なんとなくその気にさせる空気を作りやがる。

「僕の夢は世界一の歌手になることさ！」

――大切に育《はぐく》んだ空気を、オッサンは一瞬で破壊した。

「オッサンが若者の夢談議《青春》に介入するなよ」

「いやいや、僕まだ28だし！

全然、ギリギリ、若者の範囲だから！」

「つーかアンタの夢こそ騎士団長じゃねぇのか？

騎士団の大隊長なんだろ」

「大隊長!?」

イグナシオが声を荒らげた。

イグナシオは駆け足でソナタの前まで来て、踵を合わせ、胸に手を当てる。

「あ、貴方様は……騎士団の大隊長なのですか!?」

「うんー、そだよー。

本職は吟遊詩人だけどね」

「ぼ、ぼくはイグナシオ＝ロッソと申します！

まだ騎士団には入っておりませんが、騎士団に入った暁には市民のためこの身を捧げることを
――」

「あ、いいよ。そういうかたっくるしいことはさ。

イグナちゃんね。覚えておくよ。帝都に着いたら僕の名前を出すといい。僕は人気者だから優遇

されるはずだよ」

「は、はい！

ありがとうございます！」

うわー、緊張がここまで伝わってくる。

これからイグナシオはソナタの部下になるのか。絶対相容《あいい》れないタイプな気がしたが、なんだか悪くない雰囲気だな。

さすがのイグナシオも未来の上官相手には〝略さないでくださいっ！〟とは言わないんだな。

「よし！

場も温まって来たところで！

僕が一曲歌おうじゃないか！！！」

『げっ！』

オレとシュラは声を重ねる。

「お、いいねぇ！

宴《うたげ》だ宴ッ！」

「ぜ、是非ともお聞きしたいです！」

「いいですね。

私も歌好きなので——どうしました？　シールさん、シュラさん」

オレとシュラはソロリソロリと立ち去ろうとしたところをフレデリカに呼び止められた。

「いやぁ……オレ達はちょっと、なぁ？」

「そ、そうね。今後のことで話すことがあるから……歌は遠慮しておくわ」

オレとシュラはソナタの歌が始まる前に海岸沿いに退散する。

そのすぐ後に、悲鳴が遠くから聞こえた。

第三十三話　戦利品

海を正面に据えて、オレとシュラは岸の上に並び立つ。

「初《しょ》っ端《ぱな》からぶっ飛んだ冒険だったぜ……」

「元はと言えばアンタのせいでしょ！」

「わかってるよ。悪かったな、巻き込んじまって」

「まぁいいわ。
未来の騎士団長とギルドの総大将とパイプを作れたと考えれば悪くないでしょ」

おっと、シュラ的にはあまり悪い経験ではなかったみたいだ。すげぇ機嫌が良い。

驚いた。てっきり『ほんっとうよ！』と怒られると思ってた。

「あ、忘れてた。
これ、戦利品」

シュラは膨らんだポケットから二つの珠《たま》を取り出した。

片方は赤色の珠、強化の錬魔石。

もう片方は緑色、形成の錬魔石だ。

「髭巨人《トロール》の死体から赤の錬魔石が、悪魔馬《オロボス》の死体から緑の錬魔石が採れたわ。

二個ともアンタにあげる」
「ん？
いいのか？　倒したのはお前らだろ」
「みんなの総意よ。一番強い奴を撃退したのはアンタだからね。
私は白の錬魔石以外興味ないし」
オレはシュラより二個の錬魔石を受け取る。
「つーか錬魔石って魔物から採れるんだな。
これを錬金術師に渡せば、魔成物ができるってわけか」
「そうね。帝下二十二都市――マザーパンクにも錬金術師は居るはずよ」
なるほど、新しい武器……か。
迷うなー、盾か剣か、弓とかも悪くない。
「アンタってさ、そこまで強くないわよね」
シュラが後ろで手を組み、オレに背を向け、不思議そうな声でオレに尋ねる。
「いきなり酷《ひど》いこと言いやがる」
「でも、アンタって妙に安心感があるのよね。
頼り甲斐があるっていうか……」
「そりゃこっちの台詞だぞ。
オレ、お前ら姉妹のことすげー頼りにしてるんだぜ。
本当に、あの魔物の群れに襲われた時は助かった」

「案外、良いコンビかもね。私達」

「コンビじゃなくて、トリオだろ？　アシュも居るんだし」

シュラが溜息をついた。

あれ？　なんか変なこと言ったか？

「おやすみ、シール」

なぜか呆れながらシュラは砂浜へ戻っていった。

「よくわかんねぇ奴だ」

もう少しだけこの海の風景を記憶に焼き付けてから、オレもその場を去った。

◆

早朝、目が覚めると肌を焦がす陽光がオレを包んでいた。

「あちぃ……」

オレは肌を焼く前に起床。背中をググッと伸ばし、砂浜を見渡す。

他の奴らはそれぞれ好き勝手なところで眠っている。まぁ、カーズ、イグナシオ、フレデリカは眠ってると言うのか気絶していると言うのか。

ふと、一人少ないことに気づく。

アイツだ、あのボロボロの服を着たオッサンが居ない。

確かアイツ、三人を歌で昏倒させた後、『見張りは僕に任せてねー』とか言ってずっと起きていたはずだが……。

「ん？」

〝シール君へ〟と表に書かれた手紙がすぐそこの砂浜にある岩の上に置いてあった。

オレは熱い砂を踏み、手紙を手に取り中身を確認する。

『ごめんねー、急用ができたから僕先に帰るよ～。

船も乗ってっちゃうから自力で船は作ってね』

「はぁ!?」

『島の後処理とかは適当にボチボチやっとくから、君たちは気にせず旅を続けるといい。

そうそう、なにか困ったことがあったら〈マザーパンク〉に居る〝パール〟って騎士を頼ってね。

彼も僕と同じ騎士団の大隊長で、すごーく頼りになるからさ！

じゃ、次会ったら僕のとっておきの歌を――』

オレはそこまで読んで手紙を破いた。

〝パール〟……。

――『羨ましい限りだ。

励めよ、少年』

あの牢屋で、爺さんを訪ねてきた四人の内、一人がそんな名前だったような気がする。

同一人物か？　確かアイツも騎士の恰好をしていたな。

つーか船！

あの野郎——急用なら急用でオレらも連れて行けばいいだろ！　そんで適当な場所に降ろしてくれればいいだろうが！

「……次会ったらぶん殴ろう」

オレは静かに決意し、他の奴らを起こす。

第三十四話　その出会いは春の街に訪れる

丸太を並べて、紐で縛り上げただけの物が海《そこ》に浮かんでいた。
シュラが胸を張って「船よ！」と主張する。
「いやぁ、無理があるだろう。
マザーパンクまでどんだけ距離があると思ってるんだ？」
「作戦ならあるわ！
私が船を赤魔で強化し続けて、アンタがオールでひたすら漕《こ》ぐ。
それで、フレデリカが水流を操作して船を加速させる！
——完璧ね、完璧よ！」
シュラの主張に対し、まず物申したのはフレデリカ。
「あのぉ～、この島にはいずれ騎士団が来るんですよね？
それまでジッとしてればいいのでは？」
「私、ジッとしてるの嫌い」
子供のように頬を膨らませ、シュラはプイッと首を振った。
カーズとイグナシオがシュラの意見に頷く。

「俺もだ！」

「僕もです！」

「ガキかテメェらは……」

まぁオレもジッとしてるのは嫌いだがな。

「シュラの作戦、粗削りだが悪くないと思う。最悪海に沈んでも、フレデリカの魔術でなんとかなるだろう」

「その……私、全員を救えるような魔術は……」

「二人ならどうだ？　カーズとイグナシオ、この二人さえなんとかしてくれればオレとシュラは赤魔で体を強化してどこか陸まで泳いでいくさ」

「そうですね……私含め三人ならなんとかなると思います」

オレは地面に置いておいた巾着バッグを拾う。

そこで巾着バッグに入れっぱなしにしていた大切な物を思い出す。

「いや駄目だ。もし爺さんの手紙が水で濡れたら最悪だ！」

「あ！　それならコーティングしましょうか？　私の魔術で一定時間水を弾く鎧を作ります。貴重品など、濡れては困る物がある方は出してください」

お言葉に甘えて、オレは武具の入った札と爺さんの手紙にコーティングをかけてもらった。フレデリカ、なんて便利な魔術師なんだ。〝海辺の支配者《シーサイドルーラーズ》〟に居ただけあって海にはとことん強い。

先頭にシュラ、二番目にカーズ、真ん中にオレ、四番目にイグナシオ、最後尾にフレデリカ。この配置でオレ達は船——というかイカダに乗った。

「全員乗ったわね！　出航よ！

エンジン全開！」

「はい！」

フレデリカの水流操作の魔術。

イカダの背後で水しぶきが唸《うな》る。イカダは一気に船をも超える速度を作り出した。

飛び散る水滴が顔面を濡らし、熱かった風が冷風へと変わる。

「うおっ!?

コイツはすげぇなぁ！」

海に居る魔物たちは反応できず、オレ達をただ見送った。

「おわああああっ!?

はははははっ！　面白れぇ！」

「きゃああああああっ!?」

カーズとイグナシオが叫び声を上げる。

「次！　アクセル全開！」

オレはオールと己の肉体を魔力で強化する。

「あいよ！」

肩を回し、さらに大きな水しぶきを上げて加速する。

速い、速すぎる。これならあっという間にマザーパンクに着くんじゃないか？

この連携の要《かなめ》はシュラだ。強大な赤魔でこの脆い船を支えている。これだけの速度だ、こんなボロイカダ、本来なら１００回は崩れているだろう。

そう、シュラが居なくなればこの連携は崩れる。


――オレはそこで、太陽の陽差しに気づいた。


「シュラ……オレはこの作戦の重大な欠点を発見した」

「奇遇ね。私もよ」

シュラはイカダを作る前にアシュと入れ替わった。

そこからイカダを作り、船に乗って漕ぎだすまでどれだけの時間、陽を浴びた？

時間はほとんど残されていないのでは？

「――カーズ！　シュラに覆いかぶされ！」

「おいおい大将、なんだそりゃ！」

「いいから早くしろ！　お前が影になるんだ！」

「よくわからないが、任せろ！」

カーズがシュラに覆いかぶさろうと両腕を広げた。

よし、これでカーズが影になって――

「な、なにすんのよ！」

シュラの蹴りがカーズの顔面に炸裂する。

カーズが宙を舞い、オレとイグナシオの間に背中から着地した。

「あああっ!?　なんでもいい、シュラになにか被せ――」

ボン、と無慈悲にも白煙が舞った。

その中から現われたアシュは丈の合わない服を着ながら、呑気にオレに手の平を見せた。

「（お）はよー」

「はよー……じゃねぇ！　フレデリカ、魔術を止めろおおおおおおーーーーーーっ！！！！」

フレデリカは状況をわかっていない。変わらず速度を出している。

強化の魔力の支えを失った船は加速に耐えられず、当然の如く大破。


速度が付いていたせいで俺達は広大な空へ投げ出された。


「のわあああああっ！！？」

「うわああああっ！！？」

「ぎゃああああああああああっ！！？」

幸い、カーズとイグナシオはフレデリカの近くの空を舞っている。

アシュは風魔術で水の上に浮いた。

オレは自分の生存に集中する。赤魔で体を強化、背中から海に勢いよく飛び込む。

平手打ちを喰らったような痛みが背に走った。

「やべ……！　流れが強いっ!!」

体の強さだけでは何ともならない激流。

絶望的な状況、畳みかけるように高波が迫ってきていた。

「おっと……こりゃマジでまず――」


青と黒が視界を支配した。

◆

「ぷはぁ!?」


波に流された後、ガムシャラに泳いで何とかオレは岸に着いた。

あの波に呑まれ、顔を上げた時には既に周りには誰も居なかった。今はオレ一人だ。

両手を上げ、土を掴む。そのまま両腕に力を入れて上半身を陸に上げる。

口に残るしょっぱい味。

服は水に濡れ、鎧のように重くなっている。

「しまった……」

バッグが無い。海に流された時にはぐれたか。

探しに行く――のは無理だな。イカダが沈没した場所もわからん。札も、爺さんの手紙も全部あのバッグの中だってのに。仲間の誰かが拾ってくれていることを祈ろう。

オレは土を踏みしめ、海から全身を起こし、両膝を付いた。

遠目に港が見える。ここは本来上陸するような場所じゃないようだ。

「どこだ……ここ、は――？」

顔を起こし、上を見てオレは目を奪われた。

適当に泳いで着いたそこは、空が無かった。正確には空が遮断されていた。

天を覆うほどの――桜。前を見ると、街があった。街の中心には巨大な大木、桜がある。その桜から伸びた枝・花が屋根のように広がっている。

オレは本能的に、ここがあの場所だと確信する。

「常春街《とこはるまち》、〈マザーパンク〉……！」

土の道はすぐに石畳で舗装された道路で止まっている。

犬顔の戦士、ブタ顔の商人。

下半身が馬の女性、角の生えた少年。

多種多様の種族が街を賑わしている。

〝獣人〟、はじめて見た。

「ははっ、おとぎ話の世界に入ったみたいだ」

通行人が怯えた顔でオレを見ていた。

そりゃそうだ。水浸しで地面に座って笑う奴が居たらオレだってそういう目を向ける。

通行人はオレにチラリと視線をやった後、関わるまいと去っていく。

そんな中で、一人だけ、オレの前に足を踏み出した。


「君……大丈夫？」


真っ白な長髪。

水色の瞳。

模様のない白のワンピースに、麦わら帽子。ありがちな、どこかで見たような服装だ。

絵の描けないオレが、それでもキャンバスにおさめておきたいと思えるほどの、今にも消えそうで、儚《はかな》げで、凛《りん》とした美しさを持つ少女が立っていた。


「お前は……」

彼女からはなぜか——懐かしい雰囲気を感じた……。

外伝

呪いの姉妹

——生まれた時から彼女たちは互いを認識できていなかった。

〈陰陽一体の呪い〉、又の名を〈太陽神《ラー》の呪い〉。

この呪いの効果の一つに『片割れの存在を認識できない』というものがある。

アシュにはシュラが、シュラにはアシュが、絶対に見えない。声すら届かない。外の景色は共有していてもアシュにはシュラが何を話しているか聞こえない（相手の反応で話の内容を察することはできる）。シュラが水面に姿を映してもアシュにはシュラの姿が見えない。一度、シュラは自分の似顔絵を描いてもらったことがある。しかし、それをアシュが見てもアシュにはシュラの姿がぼやけて見えた。逆もまた然《しか》り。それほど強力な呪いだった。

二人が交わすことができるのは文字だけだった。年が7ツになる頃に彼女たちは互いの情報を共有するために交換日記を始めた。

『私、この村から抜け出したい。呪いを解く旅に出たい』

『私も賛成。一緒に逃げ出そう。お姉ちゃん』

14歳になった頃、そんな日記のやりとりを経て、彼女たちは村を飛び出した。

◆

外に出て、姉妹はあらゆる人間に呪いを解く方法を聞いた。


「だっはっは！　呪いを解く？

馬鹿言うな嬢ちゃん！　呪いを解く方法なんざあるわけがねぇ！」


「アホなこと聞くな。呪いは解けない。これは絶対だ」


「ぶっはぁ！　聞いたかお前ら？

このガキ、『呪いを解く方法を知らないでしょうか』だってよ！

いいかガキ、よく聞け！　歴史に名を残した多くの魔術師が呪いを解くことに挑戦し、諦めたんだ。ある大魔導士様はこう言ったそうだぜ。『呪いを解くより神に会う方が簡単だ』ってな！」


聞く度、笑われる日々。

それでも諦めず、姉妹は旅を続けた。

森を越え、町を越え、海を越えて。

そうして旅をしていてようやく、一つの手がかりを掴んだ。

「忘れられた街ディストール。そこに居るバルハ＝ゼッタに会いに行くといい。さすれば、君の呪いを解くために必要な出会いが訪れるであろう」

港町で旅人と名乗る者にそう言われ、姉妹はディストールへ向かった。

『やっと手がかりを掴んだね。お姉ちゃん』

『どうせまた徒労で終わるわよ』

『だけどあの人、嘘言ってるようには見えなかったよ』

『そうね。一応、行ってみる価値はあるわ』

希望を持って彼女たちはディストールを訪れる。

そこで出会ったのはバルハ＝ゼッタの弟子を名乗る少年。

『ごめんねアシュ。相談も無しにバルハ＝ゼッタの弟子について行くことになっちゃって』

『ううん、大丈夫。私、あの人は信頼できる気がする。私達の目的を聞いても、あの人はバカにしなかったから』

『呪いを解く』という目的に対し嘲笑で返さなかったのは旅人とシールの2人だけだった。

それでもまだ、姉妹にとってシール＝ゼッタという存在は警戒の対象だった。女2人……実質女一人旅を続けていた彼女たちにとって、男性は魔物と同じぐらい警戒すべき存在。これまでの道中で体を狙われたことは多々あった。特にシュラは一度シールに封印された経験から、彼には恐怖に似た感情を抱いていた。

警戒が解けたのは港町での食事の時だ。

「そうか……。

じゃあ、味覚封じの呪いも〈陰陽一体の呪い〉もまとめて解いて、もう一回この店に来ようぜ。三人でさ」

なんてことない顔で彼はそう言った。

「いいじゃねぇか、歴史上初の呪い破り。それもダブル……良い暇つぶしになりそうだ」

否定され続けていた夢を、彼は肯定した。

生まれてからずっと否定され、諦めろと言われ続けた夢を、シール＝ゼッタは肯定した。

アシュとシュラ、二人にとって彼の言葉は心底衝撃的なものだった。

『忘れられた街ディストール。そこに居るバルハ＝ゼッタに会いに行くといい。さすれば、君の呪いを解くために必要な出会いが訪れるであろう』

旅人が言った言葉、姉妹は旅人の言葉の意味をこの時、ようやく理解した。

必要な出会い、それは彼、シール＝ゼッタとの出会いなのだと、理解した。

『お姉ちゃん。もしかしたら、シールが私たちの呪いを解いてくれるのかもね』

『そんなわけないでしょ。でも、アイツは信用してやってもいいかもしれないわね』

退屈嫌いの少年

忘れられた街、ディストール。

何度も歩いた街道を、また一歩積み重ねていく。

退屈だ。

こういう時は頭の中で冒険しよう。

えーっと、前回はどこまで妄想《冒険》したっけ？

そうだそうだ、確かオレが国を襲うドラゴンを仕留めて、王様に勲章を貰って終わったんだったな。そうだな……そっから王国のお姫様と恋に落ちて、そんで――

「虚《むな》しい……」

やめよう。今日は気分じゃねぇや。

「お」

ゴミ捨て場に一冊の本を発見。

本を拾い、同じく捨ててあった大樽に座って本を読む。

冒険譚だ。

ありがちな、勇者の物語。摩訶《まか》不思議な世界を渡り歩く英雄譚。

憧れるな……オレも、いつかこんな風に――って、無理な話だな。ディストールから外に出ることを考えると寒気が背筋に走りやがる。

人間が最も恐れるのは『未知』である。そう、なんかの本に書いてあったっけな。

オレは『未知』に憧れながらも恐れている。知らないことに触れ、今の自分が無くなることが恐ろしい。反対に、『未知』に触れて自分を壊したい感情もある。今のオレは、どうやら恐怖が強いらしいがな。

オレの『人生ノート』は未だに白紙だ。

もしかしたら白紙のまま、オレの一生は終わるのかもしれない。

きっと、オレのような人間は珍しくない。『人生ノート』にインクを滲ませることなく、一生を終える人間は珍しくない。なにも残さず、生きていたことも知られず、ノートの表紙に虚しく自分の名前を書き込むだけで終わる人間は――珍しくない。

路地裏で野垂れ死ぬ人間、プライドを捨てきれず、生ごみに手を出せずに死んだ人間を多く見て来た。彼らを見ると安心する。自分は底辺じゃないと……上には上が居るように、下には下が居ると安心する。

オレが死ぬ時、笑う人間はいない。悲しむ人間もいない。怒る人間もいない。惜しむ人間もいない。

普通だろ、コレが。

なにも珍しいことじゃない。

なのに、夜眠る時、頭の中を泥水が駆けまわるのはなぜだろうか。

「よし、お前の人生、私が買ってやる！」

小太りの男が女性の手を握り、舌なめずりしている。

女性はまだ若く、美しい。花屋の娘だろうか、足元で植木鉢が割れている。

女性は瞳に涙を溜め、抵抗するも男の腕力に勝てず、路地裏に連れていかれた。

可哀そうに。彼女の純潔はあの不細工な男に奪われるだろうな。

——安心する。

堕ちていく人間を見ると、安心する。

「……。」


——退屈だな。


誰だ。

誰かが、オレにそう言ってきた。

周りを見ても人は居ない。一体誰が……。

「退屈だな」

知っている声だ。つーかオレの声だ。

オレの『人生ノート』は未だに白紙だ。なにか、書ける出来事が欲しいな——そう思うと、オレは手近にあった棒きれを握っていた。

駄目だな、さっき読んだ本のせいか。

メラメラと、胸の内でなにかが燃えている。

行け。きっと、そっちの道が楽しい。

踵《きびす》を返して、また見知った道を行くより、まだ行ったことの無いあの路地裏の道の方が楽しい。

「――おい」

オレは男の肩を叩く。

男は振り向き、「あぁ？」とオレを目で威圧する。オレは間をおかず手に持った棒で男の頭を殴って気絶させた。

「なにやってんだろうなぁ……オレ」

そこでオレは一人の視線に気づく。

男が倒れ、安心したように笑った女性は、オレを涙に濡れた瞳で見て、こう言った。

「ありがとうございます」

――人が不幸になる様を見て、安心するクズを、オレはこの時失った。

柄にもなく照れて、言葉に詰まっていると女性は頭を下げて足早に去ってしまった。

あれ、なんだ？　なんかビビッて逃げ出した感じだったな……もうちょいなにかあってもいいだろう。

「おい」

野太い男の声。

振り向くと、鎧を纏った大男が後ろに立っていた。

「そこに倒れているお方はこの街の領主様のお子様だ」

「――先に言っておいてくれ」

やっぱり、未知に触れるとロクなことない。

だけど、そうだな……。

――後悔はない。

人間が最も恐れるべきは『退屈』である。そう、どっかの少年が呟いた。

あとがき

はじめまして、空松です。

この度は『退屈嫌いの封印術師』を手に取って下さり、誠にありがとうございました。このテンプレ文を書く日を長い間待ち望んでました……。

『退屈嫌いの封印術師』、いかがでしたでしょうか？

この作品は「少年漫画をそのまま小説にしよう」といったところから始まりました。作者である僕自身がライトノベルより少年漫画を多く読んでいたため、こんな感じになりました（笑）

なので、少年漫画的要素が多々あったかと思います。少年漫画と違い（挿絵を除いて）絵で魅せられない分、どうやってバトルシーンを楽しく魅せるか、文字だけでどうやって動きを表現するか、そういった部分を特に意識して書き上げました。

はじめての書籍化だったので苦労話は多くあるものの、僕より苦労した方が2人は居るので語れません。まず1人目、編集M氏は本当に僕より確実に第1巻を読み込んでくれました。僕がもう第1巻の内容を見飽きたレベルまで来ても、M氏は細かい部分まで見て、修正案を提案してくれました。多分、本文の20分の1ぐらいはM氏の文章です。

次に挿絵を描いてくださった伊藤様。僕は今作のヒロイン（のはず）であるアシュラ姉妹のことが苦手だったのですが、伊藤様のキャラクターデザインを見て、むしろアシュラ姉妹が一番好きになりました。特にシュラが好きなキャラランク最下位から第1位まで一気に上がりました。絵の力って凄いですね。数々のワガママも聞いてくださり、誠に感謝しかありません。武器のデザインとか、札入れのデザインとか、魔法陣とか、全部伊藤様の功績です。プロイラストレーターさんの力には恐れ入りました。

ＷＥＢ版から読んでくれた読者の方々、アナタ方の応援が無ければ書籍は出ませんでした。ありがとうございました。

『小説家になろう』にて知り合った作家の皆様、アナタ方の教育やはげまし、創作論を聞いていなければ今の自分は居ません。ありがとうございました。

そして最後に、この本をご購入してくださった皆様、少しでも皆様の心に高揚感を与えることができたのなら嬉しいです。これから第2巻、第3巻と話は次々に展開していきます。主人公シールの師匠であるバルハの過去、そのバルハの孫娘や、牢で出会った4人の来訪者、まだ見ぬ再生者、仲間たち。魔力、呪い、祝福についても掘り下げられていきます。これからも様々な方々の力を借りて、値段以上の満足感を皆様にお送りできるよう精進していきますので、是非ともよろしくお願いいたします。

それでは、第2巻でまたお会いしましょう！

あとがき①
こんにちは、伊藤です。
大盤振る舞いで あとがき2Pも
もらっちゃったので、本編で
描き足りなかったキャラシリーズです。
そんなわけで
イグナシオ・カーズ、フレデリカの
脇役？トリオです。
黒紐パン良いですね。
伊藤宗一

あとがき②
ひげトロールさんとオロボスさんです。
絶対人間殺すマン的設定で
デザインしてて楽しくて楽しくて・・・
銃帝、屍帝といい
カッコいい敵キャラが
たんまりで実によろしいですね。
伊藤宗一

ど真ん中!
— 1月刊 — 好評発売中!
万能「村づくり」チートでお手軽スローライフ ～村ですが何か?～ 1
私、能力は平均値でって言ったよね! 14
勇者パーティーを追放された俺だが、俺から巣立ってくれたようで嬉しい。……なので大聖女、お前に追って来られては困るのだが? 1
転生したらドラゴンの卵だった ～最強以外目指さねぇ～ 13
読者さん・作品・作者さんの、一番楽しいレーベルです!
ノベル創刊!

大人の
エン
シリーズ続々刊行します!
悪役令嬢は
溺愛ルートに入りました!?
人狼への転生、魔王の副官 ⑭
退屈嫌いの封印術師
～復活せし不死王たち～
雑用係兼支援術師は
パーティー追放に憧れる
～世間は追放ブームなのに、俺を
過大評価するパーティーメンバーたちが
決して手放そうとしてくれない～
マイナススキル持ち四人が
集まったら、なんかシナジー発揮して
最強パーティーができた件
わたしは
ふたつめの人生をあるく! ③
毎月7日発売!
SQEX

SQEXノベル

退屈嫌いの封印術師　1

～復活せし不死王たち～

著者
空松蓮司

イラストレーター
伊藤宗一

©2021 Renji Soramatsu
©2021 Souichi Itou

2021年2月5日　初版発行

発行人
松浦克義

発行所
株式会社スクウェア・エニックス
〒160－8430
東京都新宿区新宿6－27－30　新宿イーストサイドスクエア
（お問い合わせ）スクウェア・エニックス　サポートセンター
https://sqex.to/PUB

印刷所
図書印刷株式会社

担当編集
増田翼

装幀
百足屋ユウコ+石田隆（ムシカゴグラフィクス）

この作品はフィクションです。
実在の人物・団体・事件などには、いっさい関係ありません。

○本書の内容の一部あるいは全部を、著作権者、出版権者などの許諾なく、転載、複写、複製、公衆送信（放送、有線放送、インターネットへのアップロード）、翻訳、翻案など行うことは、著作権法上の例外を除き、法律で禁じられています。これらの行為を行った場合、法律により刑事罰が科せられる可能性があります。また、個人、家庭内又はそれらに準ずる範囲での使用目的であっても、本書を代行業者などの第三者に依頼して、スキャン、デジタル化など複製する行為は著作権法で禁じられています。
○乱丁・落丁本はお取り替え致します。大変お手数ですが、購入された書店名と不具合箇所を明記して小社出版業務部宛にお送り下さい。送料は小社負担でお取り替え致します。但し、古書店でご購入されたものについてはお取り替えに応じかねます。
○定価は表紙カバーに表示してあります。

ISBN978-4-7575-7065-8　C0093　　Printed in Japan